KB021293

혼자 여행을
다녀왔습니다

마스다 미리의
좌충우돌 여행기

혼자 여행을
다녀왔습니다

마스다 미리 에세이
이소담   옮 김

북포레스트

시작하며

일본에는 도도부현이 47개나 있는데 전부 안 가보면 아쉽잖아? 그래서 혼자 다 가보기로 했다. 목표는 한 달에 한 번 여행하기. 아오모리에 간 김에 아키타에도 들르는 여행이 아니라 매달 도쿄에서 훌쩍 떠나보자.

한 달에 한 번인 여행이니 47개 도도부현을 다 돌려면 4년이나 걸리지만 굳이 서두를 필요는 없다.

무언가를 배워야 한다는 강박관념 없이 '그냥 가봤을 뿐'인 여행. 무의미했는지 아닌지는 여행이 끝난 후에 알 수 있을 것이다.

---

* 인터넷에 연재했던 「마스다 미리의 47개 도도부현 혼자 가보자」의 글을 모았습니다. 금액은 그때그때 기록하거나 나중에 기억을 짜내거나, 또 소비세를 더하거나 더하지 않거나 해서 부정확합니다. 양해 부탁드립니다.

차례

01
아오모리현 青森県

47개 도도부현* 여행의 첫 시작은 12월의 아오모리였다. 여름의 네부타 마츠리**를 보러 간 적은 있어도 겨울에는 처음이었다.

도쿄에서 도호쿠 신칸센을 타고 하치노헤八戸까지는 3시간. 신형 열차 '하야테'가 운행하면서 갑자기 붐비기 시작한 하치노헤다. 왠지 지역 주민들도 곤혹스러워하는 인상이었다. 역에 설치된 관광 시설에서 하치노헤와 어느 도시

---

* 일본의 광역 자치 단체인 도쿄도, 홋카이도, 오사카부, 교토부, 나머지 43개 현을 묶어서 이르는 말.

** 매년 8월 2일부터 7일까지 아오모리에서 개최되는 일본의 대표적 등불 축제.

가 공동으로 지역 명산물을 소개하는 이벤트를 열었는데, 분위기가 영 썰렁했다. 썰렁했지만 나쁜 의미의 썰렁함이 아니라 동네 어린이 이벤트처럼 소박한 썰렁함이다.

주최 측 할머니들이 이벤트 회장에서 두부 산적을 구워 자기들끼리 맛있게 먹고 있었다. 나도 먹어보고 싶어서 은근슬쩍 앞을 어슬렁거렸으나 얻어먹지 못했다.

"맛 좀 봐"라고 말을 걸어주면 좋으련만. 하긴, "먹어봐도 될까요?" 이 한마디를 못 하는 내가 문제다. 실제로 단체 여행을 온 아주머니 무리는 "맛있어 보이네요. 좀 주세요"라고 말을 걸어 산적을 받았다. 그렇게 말을 트고 할머니들과 즐겁게 수다를 떨 수 있다는 게 은근 부러웠다.

이제 열차를 타고 아오모리까지 가서 숙박만 하면 오늘의 일정은 끝나는데, 일몰까지 아직 시간이 남았다.

좋아, 뭘 할까?

'하치노헤에서 조금 떨어진 해안의 섬 가부시마蕪島는 괭이갈매기 서식지로 유명.'

가이드북의 설명을 읽고 가보려다가 괭이갈매기가 없는 계절이면 큰일이니 관광안내소의 직원에게 물어보았다.

"괭이갈매기요, 지금 있을까요?"

"글쎄요, 게으름뱅이 괭이갈매기라면 몇 마리 있을지도

모르겠네요."

다정다감하게 웃으며 대답해주었으나, 그 말인즉슨 "지금은 괭이갈매기 철이 아니에요~"라는 뜻이다.

마음을 바꿔 버스를 타고 안내소 직원이 추천한 '핫쇼쿠센터八食センター'에 갔다. 해산물부터 채소, 토산품, 음식점까지 갖춘 거대 식품센터라고 한다.

핫쇼쿠센터는 굉장히 인기여서 관광버스 여러 대가 서 있었다. 대규모 회전초밥집 앞에 길게 줄이 생겼다. 나도 줄을 설지 말지 망설였는데, 센터 안쪽에 자그마한 정식집이 보여 그리로 들어갔다.

가이드북에도 실린 '이치고니いちご煮'라는 음식을 주문했다. 이치고니는 성게와 전복을 넣은 호화로운 국물 요리로, 이 지역 향토 음식이다. 나는 해산물을 그리 좋아하지 않아서 다른 해산물 요리와 비교해 어떤지는 잘 모르겠지만, 비리지 않고 맛있었다.

하치노헤에서 아오모리까지는 보통열차를 타고 1시간 반가량. 아오모리에 도착했더니 눈이 쌓여 있었다.

저녁은 역 근처 정식집에서 '가리비튀김 정식'을 먹었다. 가리비가 큼지막했다. 회사원과 교복 입은 학생이 만화책을 읽으며 묵묵히 식사 중이었다.

예약해둔 비즈니스호텔에 들어간 시각이 저녁 8시였다. 매점에서 산 사과 주스와 지역 명물인 난부 전병을 먹으며 고민했다.

으음, 여행이 이래도 괜찮나…….

다음 날은 가나기金木에 가보았다. 가나기는 문호 다자이 오사무가 태어난 곳으로, 다자이의 생가를 기념관으로 운영한다. 사실 내 목적은 그게 아니다. 츠가루 열차를 타고 싶었다. 눈 덮인 츠가루 평야를 달리는 1량짜리 열차. 그 이름도 '달려라 메로스'호다. 다자이 오사무의 유명한 책 제목과 같다. 아오모리역에서 가와베川部까지 가서 환승, 고쇼가와라五所川原로. 츠가루 열차는 고쇼가와라에서 츠가루 나카사토津輕中里역까지 짧은 구간을 달리는데, 가나기는 딱 중간쯤에 있다.

눈으로 뒤덮인 드넓은 평야를 바라보며 츠가루 열차를 타는 나라니. 감동해야지! 이런 강렬한 부담을 느껴 갑자기 마음이 초조해졌다. 창 너머로 본 츠가루 평야의 설경은 몹시 아름다웠다. 까마귀 두 마리가 눈 덮인 대지 위를 훨훨 날아가는 모습을 보고 놀랐다. 왠지 눈 내리는 지역에는 없는 새인 줄 알았다. 이곳에서 보는 까마귀는 그냥 까마귀가 아니라 '흑조'라는 느낌이다. 도시에 사는 까마귀보다 훨씬 멋있었다.

다자이 기념관 '샤요칸斜陽館'의 입장료는 500엔인데, 200엔 더 내면 '츠가루 샤미센회관'도 견학할 수 있어서 흔쾌히 돈을 지불했다. 마침 츠가루 샤미센 라이브 공연이 있었다.

나 이외에 나이 지긋한 단체 관광객 약 열다섯 명과 함께 연주를 들었는데, 한 아저씨가 샤미센을 연주하는 사람에게 물었다.

"손가락을 그렇게 움직이면 건망증에 안 걸립니까?"

아마 '건초염'이라고 말하고 싶었겠죠…….

다자이 기념관에서 다자이의 문고본을 팔고 있어서 한 권 샀다. 교과서에서 배운 『달려라 메로스』 말고는 읽어본 적 없으니 좋은 기회다. 내 머릿속에서 다자이 오사무와 미야자와 겐지는 십중팔구 복작복작 뒤섞였을 것이다. 이 나이 먹고 남에게 확인하긴 두렵다.

가나기 관광을 마치고 열차를 기다리는 동안, 가나기역 식당에서 뜨끈뜨끈한 게노시루*를 먹었다. 잘게 다진 각종 채소가 들어가서 맛있었다. 식당 아주머니가 서글서글한

---

* 된장국

사람이어서 두어 마디 주고받았다. "뜨거우니까 조심해서 들어요" "감사합니다"라는 따뜻한 대화. 잠시 기다리자 열차가 도착해 가게에서 나와 승차했다.

열차가 출발한 뒤 갑자기 이런 생각이 들었다. 아까 그 아주머니, 분명히 배웅해줬을 거야! 내가 돌아보고 웃어주리라 여긴 아주머니는 내 뒷모습을 배웅해줬을 것 같았다. 나는 열차에 타느라 정신이 팔려서 식당 쪽을 아예 돌아보지 않았다. 괜한 망상일지도 모르지만 그래도 돌아봤으면 좋았을 텐데. 몹시 안타까웠다.

처음으로 혼자 여행을 하며 느낀 점 하나.

재미있다거나 맛있다거나 아름답다는 감상을 다른 사람과 나누지 못해서 쓸쓸했다(이 생각은 점점 바뀌었다).

① 아오모리현

아오모리에서
이런 버튼을
보고 놀랐다.

열차에서
내릴 때는
버튼을
눌러야 문이
열린다.

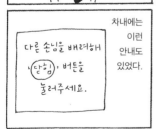

추운 지방다운
시스템이어서
감탄했다.

차내에는
이런
안내도
있었다.

이번 여행에서 쓴 돈

교통비(신칸센)·숙박비	25,200엔
현지 교통비	3,500엔
식비	
나카오치 덮밥*	550엔
이치고니	1,000엔
성게 덮밥과 샐러드	600엔
가리비튀김 정식	1,300엔
게노시루	150엔
각종 간식 (소프트아이스크림, 난부 전병, 말린 사과 등)	1,020엔
다자이 오사무 기념관	
츠가루 샤미센회관	700엔
내 선물(책·민예품)	1,000엔
합계	35,020엔

* 생선 등뼈 부분의 살을 얹은 덮밥.

15

02
미에현 三重県

　　두 번째 여행은 미에현. 설날, 고향인 오사카에 귀성한 참이어서 오사카에서 당일치기 여행을 다녀오기로 했다.

　　그나저나 당일치기로 다녀올 거리인데 나는 미에현에 대해 아는 것이 거의 없었다.

　　곧바로 가이드북을 사서 읽어봤는데, 마츠자카 소고기로 유명한 '마츠자카 松坂'라는 시가 미에현에 있지 뭔가. 마츠자카 소고기의 '마츠자카'를 지명이라고 인식조차 못 했던 나지만,

　　"마츠자카에서 마츠자카 소고기!"

이 생각에 사로잡혀 흥분했다. 이걸 어떻게 안 먹어!

교토역에서 긴테츠 보통열차를 타면 마츠자카까지는 약 2시간. 마츠자카역 앞 관광안내소에서 팸플릿을 받았다.

"거기 파란색 팸플릿도 챙겨 가려무나."

안내소 아저씨의 말을 듣고 마음이 포근해졌다. 왜 포근 해졌느냐면, '~가려무나'라고 했으니까.

"팸플릿도 챙기세요"와 "팸플릿도 챙겨 가려무나"는 말 투가 전혀 다르다. 젊은 사람을 보호하려는 그 다정한 말씨 에는, 어릴 때부터 알고 지내 나를 잘 아는 동네 할아버지 같은 포근함이 있었다.

모처럼 왔으니까 멋들어진 가게에서 마츠자카 소고기 정식을 먹고 싶었다.

마츠자카 소고기의 알아주는 노포 '와다킨'은 1878년에 창업한 '마츠자카 소고기의 원조'라고 한다. 그렇다면 여 기로 가볼까.

마츠자카역에서 몇 분쯤 걸었다. 와다킨은 고급 여관 같 은 5층 건물이었는데, 순간 들어가기 망설여졌다. 현관 앞 에 기모노를 입은 여성이 손님을 맞고 있었기 때문이다. 매 몰차게 쫓아내면 어쩌지? 청바지에 운동화를 신은 나는 기 가 꺾였다.

"혼자 왔는데요……."

용기를 내 말을 걸었더니, 여성은 생글생글 웃으며 대기실까지 안내해주었다. 사람이 많아 30분쯤 기다렸다.

드디어 내 이름이 불렸고, 안내를 맡은 직원과 함께 엘리베이터를 타고 위층으로 올라갔다.

"이 방입니다."

들어갔더니 다다미 열두 장 크기의 화려한 개별실에 나 혼자였다. 꽃을 장식하고 족자를 건 도코노마*를 등지고 주홍색 원탁에 앉았다. 원탁 한가운데에서 숯이 타닥타닥 소리를 냈다. 나 혼잔데 이런 방을 쓰게 해도 괜찮으신가요…….

잠시 기다리자 이번에는 기모노를 입은 초로의 여성이 물수건과 차를 들고 등장했다.

"어디에서 오셨어요?"

사실은 본가인 오사카에서 왔지만, 멀리서 왔다고 해야 기뻐할 것 같아서 대답했다.

"도쿄에서요."

---

* 일본식 객실 상좌에 바닥을 한층 높인 곳. 벽에 족자를 달고 꽃이나 장식물로 꾸며 놓는다.

역시나 "먼 걸음 해주셔서 감사합니다" 하고 기뻐했다.

7,000엔짜리 스키야키를 주문했다(스테이크도 이 정도 가격이었다). 방금 그 아주머니가 곁에서 스키야키를 구우며 시중을 들어주는 모양이다.

"생달걀은 괜찮으세요?"

아주머니가 물었는데, 솔직히 안 좋아하지만 긴장해서 나도 모르게 "네"라고 대답했다.

냄비가 달궈지기 전에 고기(마츠자카 소고기)를 펼치는데, 냄비에 고기가 들러붙지 않게 하기 위해서란다. 고기 위에 설탕, 진간장을 뿌리고 다시마 육수를 아주 조금 넣었다. 육수를 많이 안 넣는 것도 포인트 같았다. 고기가 적당히 구워지자 아주머니가 내 앞 접시에 고기를 놓아주었다. 파, 표고버섯, 두부, 양파도 절묘한 타이밍에 놓아주어서 나는 그냥 먹기만 하면 됐다.

고기는 딱딱하지도 너무 물컹하지도 않았고 양념도 달콤해서 맛있었다. 맛있었지만 역시 아주머니가 보는 앞에서 먹어야 하니 은근히 불편했다.

그때 가족 이야기가 나왔다.

"아버님은 연세가 어떻게 되세요?"라고 물어서,

"일흔쯤 되셨을 거예요"라고 대답하자,

"어머나, 젊으시네요"라고 했다. 젊은가? 아니, 이분 도대체 몇 살이시지.

스키야키를 먹고 밥도 한 그릇 더 먹은 후, 아주머니에게 인사를 하고 나왔다. 가격은 비쌌지만 좋은 가게였다.

고급스러운 노포는 나처럼 편안한 차림으로 혼자 온 여자를 깔볼 것 같았다. 그런데 이곳은 계산대의 아저씨도, 토산품 판매장의 직원도 정중해서 좋았다. 가게를 나오자, 기모노를 입은 여성이 현관에 서서 한참 동안 손을 흔들며 배웅해주었다.

손님을 상대하면서 친절하지 않은 가게가 수두룩하다. 친절하지 않은 정도가 아니라 거만하게 장사하는 사람까지 있는데, 뭘 단단히 착각한 것 같아서 의아하다.

점심을 먹은 뒤에는 마츠자카성 유적지를 산책했다. 성터 기슭에 있는 고죠반야시키御城番屋敷는 성을 지키는 무사들이 살던 건물로, 돌을 깐 거리가 아름다웠다. 시대극 영화 속 같다. 지금도 실제 주거지로 사용한다는 점이 놀라웠다. 동네 아이들이 이 거리를 평범하게 걷는 모습을 보며 관광지가 고향이라니 부러운 마음이 들었다.

그 후, 마츠자카에서 JR을 타고 후타미노우라二見浦까지 가서(30분 만에 도착), 역 앞에서 자전거를 빌려 바다에서 고개를 내밀고 있는 메오토바위夫婦岩를 구경했다. 시간이 없어서 메오토바위는 관광이 아니라 확인에 그친 느낌이다.

　당일치기 여행은 조금 정신없긴 한데, 못 할 것도 없겠다고 혼자 고개를 끄덕였다.

② 미에현

마츠자카를 산책하다가 도자기를 발견했다.

와.

헉

松阪万古

이거 어떻게 읽지?

万古燒

반코야키* 였어요.

안심

이번 여행에서 쓴 돈

교통비	약 7,600엔
식비	
와다킨 스키야키	7,000엔
단팥죽	400엔
새우튀김	380엔
자전거 대여(아마도)	500엔
내 선물 (와다킨의 마츠자카 소고기 조림)	
	2,000엔
후타미오키타마 신사에서 연애 길흉 제비	
	300엔
합계	약 18,180엔

* 일본 미에현에서 주로 생산되는 얇고 단단한 도자기.

03
홋카이도 北海道

하네다에서 메만베츠 공항까지 약 2시간. 버스를 타고 이번 여행의 목적지인 아바시리網走로 향했다.

창밖은 새하얀 눈으로 덮여 있었다. 한겨울의 홋카이도 니까 당연하지만, 내게는 진귀한 풍경이어서 푹 빠졌다. 영하 11도. 추워도 너무 춥다.

예전에 오사카 유원지에서 '영하 15도 세계를 체험!'이 라는 체험장에 들어갔다가 다음 날 고열이 나서 회사를 쉰 적이 있다. 괜찮을까, 아바시리.

왜 이 계절에 아바시리에 왔느냐면, 유빙을 보기 위해서 다. 예전에 읽은 미우라 아야코의 『빙점』 속편에 아바시리의 유빙이 유려한 문장으로 서술되어 있어서 궁금했다.

아무튼 도착한 날은 버스를 타고 아바시리 시내 관광을 했다. 아바시리 감옥 박물관은 죄수 인형이 진짜 같아서 농담이 아니라 정말 무서웠다. 오호츠크 유빙관에도 갔다. 여기에도 '영하 15도 세계를 체험'이라는 코너가 있었는데, 현실 세계의 아바시리가 영하 11도……. 체험하는 의미가 없는 걸 알면서도 역시 들어가지 않을 수 없지. 평범하게 추웠다. 여름에 오는 사람을 위한 체험 코너다.

눈이 계속 내리고 쌓여서 어딜 가나 관광객이 적었다. 관광지를 지나는 버스에 나 혼자일 때도 있어서 쓸쓸해 보였는지 운전사가 종종 말을 걸었다. 밤에 사위가 고요해지면 자작나무 쪼개지는 소리가 들린다나. 자작나무는 수분을 잘 머금는 성질이어서 추워지면 수분이 얼어붙어 쩍쩍 깨지는 소리가 나는데, 운전사는 그 소리를 좋아한다고 했다.

다음 날은 드디어 유빙 관광선 오로라호를 타고 유빙의 바다로. 가이드북에서 승선 예약을 해두는 편이 좋다고 해서 여행을 떠나기 전에 미리 전화해두었다.

JR 아바시리역에서 버스를 타고 10분쯤 가면 오로라호 선착장이다. 최대 450명이 탄다는 오로라호는 관광객으로 붐볐다. 단체 관광객이 많았는데, 다들 큰 소리로 떠들

며 즐거워했다. 웃으며 대화를 나눌 사람이 없는 내가 딱했
다…….

　마음을 달래려고 바깥 갑판에서 크루징을 즐겼다(방한 대
책으로 핫팩 세 개 붙임!). 유빙을 밀며 배가 바다를 나아갔다.
갈매기 떼가 계속 쫓아와서 카메라로 그 광경을 찍는 사람
도 많았다. 바다에 뜬 유빙은 배가 해안에서 멀어질수록 밀
도가 점점 높아졌다. 눈에 보이는 모든 곳이 얼음, 얼음, 얼
음이었다.

　'떨어지면 죽을까?'

　십중팔구 모두 같은 생각을 했을 것이다.

　유빙은 배에서도 봤지만 해안을 달리는 기차에서도 구
경했다. 야생 백조를 보려고 JR 아바시리역에서 네 역 떨어
진 기타하마北浜역까지 가는 도중, 왼쪽 창 너머의 풍경이
유빙의 바다였다. 슬픈 풍경처럼 보이지만 먼 외국의 바다
에서 흘러온 얼음이라고 생각하면 와자지껄한 풍경 같기
도 하다. 앞의 소설에도 나오는 말인데, 역시 유빙은 혼자
보는 것이 제일이다. 다른 사람과 함께 봐도 감상을 어떻게
나눠야 할지 곤란할 거야.

　유빙. 또 보고 싶기도 하고 한 번이면 충분한 듯도 하고.
몇 년쯤 지나면 답을 알 수 있겠지.

아바시리의 토산품 가게에서 '클리오네*' 상품을 팔았다. 열쇠고리에 수건 등 종류가 다양했는데, 가장 시선을 끈 것은 역시 '클리오네 갈분떡'이었다. 투명한 갈분을 클리오네 모양으로 빚고 주황색 내장까지 똑같이 흉내 냈다. 실물 추구다. 아니, 너무 진짜 같아서 못 먹겠어…….

관광안내소에서 유리 클리오네 반지(350엔)를 샀다.

"어머~, 이거 귀엽다"라고 직원이 말하자 옆에 있던 여자도 "나도 보여줘요"라며 다가와서 칭찬했다. 자기네 가게 상품인데 감탄하네? 사는 사람이 없어서 반지의 존재를 깨닫지 못했나?(반지는 도쿄에 돌아오자마자 잃어버렸어요)

또 하나 신기했던 것이 클리오네의 캐치프레이즈.

'유빙의 천사'나 '유빙의 요정'처럼 환상적인 문구가 일반적인데, 개중에는 '유빙의 이웃' 같은 서민적인 것도 있었다. 하긴, 클리오네는 유빙의 바다에 사는 생물이니까. 정체가 뭘까. 해파리? 추운 곳에서 열심히 산다고 생각하니 기특했다.

아바시리의 번화가는 역에서 조금 멀어서 역 앞은 조용했다. 역을 등지고 곧장 걸으면 아바시리강에 세워진 신바

---

*　홋카이도에서 볼 수 있는 껍질 없는 고둥.

시라는 다리가 금방 보인다. 그 다리 위에서 보는 구름이 유독 아름다워서 호텔로 돌아가는 도중 몇 번이나 멈춰 섰다. 사실은 느긋하게 보고 싶었는데, 아무래도 여자 혼자 하는 여행이니 사람들에게 괜한 걱정을 끼치지 않으려고 배려한 나였다.

거리를 고요하게 뒤덮은 눈은 바슬바슬해서 눈덩이를 만들려고 손에 쥐어도 수분이 적어 뭉쳐지지 않았다. 꼭 녹말 같다. 눈을 치우는 사람들을 여럿 봤다. 장보기. 요리와 청소와 세탁하기. 거기에 '눈 치우기'라는 일이 이곳 생활에는 당연히 포함되리라. 눈 치우기를 한 번도 안 하는 인생도 있고 수천 번이나 경험하는 인생도 있다. 사는 곳에 따라 각양각색이다.

이번 여행에서 결심한 바가 하나 있다. 바로 무리해서 식사하지 않는 것. 기왕에 왔으니까 가능하면 지역 명물 요리를 먹어야지! 이렇게 생각했었는데, 별로 좋아하지 않는 음식을 명물이라는 이유만으로 억지로 먹는 것은 너무 어리석은 짓이라고 생각을 바꿨다. 먹고 싶은 음식을 먹자. 그러면 여행의 재미가 반감된다고 흉보는 사람도 있겠지만, 나는 당당한 어른이니까 자유롭게 하겠다.

③ 홋카이도

진짜 클리오네가 있어요.

아바시리의 토산품 가게에서 아주머니가 말을 걸었다.

유빙의 천사 '클리오네'를 보고 싶어!!

귀엽다~

작은 수조에 클리오네가 떠다녔다.

자세히 보니 바닥에 전혀 움직이지 않는 애들이 잔뜩 있었다….

이번 여행에서 쓴 돈

교통·숙박비	33,000엔
현지 교통비	4,400엔
식비	
초밥(테이크아웃)	900엔
고구마 경단	450엔
카레 메밀국수	600엔
샌드위치	500엔
호텔 정식	1,300엔
카레 햄버거 오므라이스	830엔
각종 간식	1,500엔
오로라호	3,000엔
아바시리 감옥 박물관	1,050엔
오호츠크 유빙관	520엔
온천	600엔
백조 먹이	100엔
내 선물(클리오네 반지, 가리비 소시지 등)	
	1,000엔
합계	49,750엔

04
이바라키현 茨城県

혼자 여행······. 이제 세 군데 여행했을 뿐인데 벌써 지쳤다. 어차피 아무도 기대 안 할 테니까 그만해도 괜찮지 않을까? 원래 나는 뭔가 시작할 때면, "시작할 거야!" 하고 남에게 떠벌린 시점에서 대체로 만족하는 면이 있다.

어쩌지, 진짜 그만두고 싶은데. 그런 생각이 들던 때, 내 작품이 연재되던 잡지사에 내 앞으로 팬레터가 도착해서 전달받았다. 여행 에세이를 올리는 홈페이지도 챙겨보시는 분인지 이런 글이 적혀 있었다.

"우리 현에는 언제쯤 오실까요? 기대돼요."

편지가 무척이나 기쁜 나머지 여행을 계속해보기로 마

음먹었다. 팬레터는 가끔 받는데, 그 보답은 내가 더 열심히 하는 것이라 여겨 답장은 보내지 않는다.

아무튼 이번에는 이바라키현이다. 가나자와의 겐로쿠엔兼六園, 오카야마의 고라쿠엔後楽園과 어깨를 나란히 하는 정원인 '미토의 가이라쿠엔偕楽園'에 매화를 보러 가기로 했다. 이렇게 적으니 유식해 보이는데, 이바라키현 가이드북에 실렸을 뿐이고 일본에 3대 정원이 있는 줄도 몰랐다.

오전 8시, 우에노역에서 '슈퍼 히타치'에 승차. 1시간 10분쯤 걸려 미토水戸에 도착했다. 역의 관광안내소에서 지도를 받고 북쪽 출구로 나와 강변을 걸었다. 한참 가자 물새들이 평화로이 헤엄치는 센바코千波湖라는 작은 호수가 보였다. 조깅하는 사람도 눈에 띄었다.

조깅. 앞으로 내 인생에 조깅하는 날이 올까? 아마, 절대 없을 테지.

이바라키현 근대미술관에서 오쿠다 겐소라는 일본 화가의 전시회를 관람했다. 미술관에서 그림을 보며 진심으로 재미있다고 생각한 것은 얼마 전부터다. 전에는 '감동해야 해'나 '공부해야지'라며 정색한 면이 있는데, 지금은 자연스럽게 본다. 내 마음에 안 드는 그림은 뛰어넘기도 한다. 예전에는 입장료가 아까우니까 모든 그림을 다

봤다.

오쿠다 겐소의 일본화는 산이나 꽃 같은 자연을 다이내믹하게 그린 작품이 많았는데, 무척이나 박력이 넘쳤다.

90세 기념 전시회라고 전단에 적혀 있었는데 최근에 돌아가셨다고 한다. 화려한 색채의 작품을 둘러보고 출구로 갔더니, '절필'이라고 적힌 작품이 전시되어 있었다. 마지막 그림이 흑백 풍경화여서 특히 인상 깊었다.

미술관을 나와 다시 호숫가를 걸어 가이라쿠엔에 도착했다. 마침 '매화 축제'가 한창이라 노점이 들어서서 복작였다. 약 3천 그루의 매화가 분홍, 빨강, 하양으로 흐드러지게 피어 있었다.

팸플릿에는 '가이라쿠엔 공원은 세계에서 두 번째로 넓습니다'라고 적혀 있었는데, 1위는 어딜까?

여기에서 사람은 둘로 나뉘리라. 조사하는 사람과 조사하지 않는 사람. 나는 당연히 조사하지 않는 사람이어서 1위는 지금도 모른다. 애초에 알고 싶지도 않다.

가이라쿠엔의 매화는 예뻤고 공원도 깔끔했는데, 꽃가루 알레르기가 있는 나에게는 지옥이었다. 산에서 부는 바람에 실려 무차별 퍼부어지는 꽃가루 때문에 매화고 뭐고 정신없었다. 도망치듯이 가이라쿠엔을 떠나, 걸어서 20분쯤 걸리는 '도쿠가와 박물관'으로 갔다.

미토라면 역시 도쿠가와 미츠쿠니*, 고몬님이다. 박물관에는 도쿠가와 가문의 유품 같은 귀한 자료가 가득 전시되어 있었다. 도쿠가와 가문의 가계도를 열심히 읽는 사람이 여럿 있었다. 받아 적는 사람까지 있었다. 나로 말하면, 뭘 해야 좋을지 몰라 멍하니 서 있었을 뿐이다.

역사라……. 전혀 흥미 없다. 학교에서 배울 때도 재미없었다. 왜 그럴까? 새삼스레 나의 얕은 지식에 놀랐다. 결국여기에도 내가 머물 곳은 없었다.

그래도 딱 하나 재미있는 일이 있었다.

"고몬님은 일본인 중 최초로 라면을 드신 분이지요."

택시 운전사가 알려준 정보다. 라면을 후루룩 먹는 고몬님을 상상하자 유쾌해졌다.

예상보다 일찌감치 할 일이 없어져서, 미토에서 전철을타고 30분쯤 걸리는 가사마笠間에 갔다. 도예의 거리인 가사마는 '가사마 도자기'로 유명하다고 한다.

도예 체험이 가능한 공방도 있다고 해서 역에서 자전거를 빌려 찾아갔다. 5분쯤 갔더니 '도자기 거리'가 나왔고

---

* 에도 시대 미토의 2대 번주이자 유학자. 미토 고몬이라는 별칭으로 알려졌다.

도자기를 파는 가게가 보이기 시작했다. 한 곳에 '도예 체험할 수 있어요'라는 간판이 있어서 들어가보았다.

"저기, 도예 체험을 해보고 싶은데요."

말을 걸자 가게 아주머니가 "네네, 어서 와요" 하고 공방으로 안내해주었다. 점토 1킬로그램을 주고 20초 정도 설명하더니 아주머니는 어디론가 가버렸다. 넓은 공방에 나 혼자 덩그러니 남았다.

일단 찻잔이 간단할 것 같아서 만들어보았다. 그런데 찻잔으로 시작했는데 점토 테두리가 점점 넓어져서 뭐랄까, 냄비 요리를 만들 때 거품을 건져 놓는 단지 같아졌다.

'어쩌지, 다시 만들까?'

고민하는 차에 아주머니가 돌아오더니 칭찬해주었다.

"어머, 멋진데요?"

진심입니까?

만든 도자기는 한 달 후에 구워서 보내준다고 한다. 어쨌든 기대된다.

이번에는 꽃가루 때문에 유유자적 가이라쿠엔을 돌아보지 못한 것이 못내 아쉬웠다.

"미토는 가을도 좋지요"라고 택시 운전사가 연신 말해서 언젠가 또 오고 싶어졌다.

④ 이바라키현

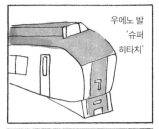

우에노 발
'슈퍼
히타치'

아
하
하

아
하
하

4인용 좌석에서 흥겹게
수다를 떠는 아주머니들.
그것 자체는 괜찮지만
하나 마음에
걸리는 게….

아하하하
아하하하

아하하하
아하하하

이 아저씨는 혼자 승차한 사람

이번 여행에서 쓴 돈

교통비	
교통비	
슈퍼 히타치 왕복	약 7,000엔
택시	1,300엔
JR 미토·가사마 왕복	800엔
자전거 대여	300엔
식비	
튀김 메밀국수(미토역)	700엔
드라이 낫토	300엔
기타	500엔
이바라키현 근대미술관	830엔
가이라쿠엔 내 고분테이 정자	190엔
도쿠가와 박물관	1,000엔
고도칸*	190엔
도예 비용(배송료 포함)	2,500엔
내 선물(인롱 포스트잇)	420엔
합계	16,030엔

＊ 에도 시대 후기에 세워진 교육기관.

05
시마네현 島根県

초등학교 교실에 붙었던 일본 지도를 볼 때마다 나는 생각했다.

부탁이니까 누가 좀 알아주라!

그러나 반 친구들 누구 하나 알아주지 않았다. 바로 일본에 '마스다益田'라는 시가 있다는 사실을……

좋았어, 나중에 어른이 되면 마스다시에 가볼 테야.

어린 시절에 진지하게 품었던 꿈은 서른네 살이 되어서야 마침내 이루어졌다.

매년 4월 셋째 주 일요일에 개최된다는 지역 축제 마스다 마츠리. 정보를 입수한 나는 황급히 하네다 공항에서 시마네현의 이와미 공항으로 날아갔다. 약속의 땅까지는 1시간 반, 의외로 가까웠다.

공항에서 마스다시까지는 버스로 약 15분이 걸렸다. 차창 너머 보이는 간판들이 마스다 도매센터, 마스다 청과, 마스다 단지에 이르기까지 마스다, 마스다로 왁자지껄했다. 즐거울 것 같아!

그런데 달아오른 흥분은 역에 도착한 순간 급격히 가라앉았다. 마스다역 앞은 영락한 분위기가 감돌았다. 비 때문에 인적도 드물었다. 내일이 마스다 마츠리인데 거리에 휘황찬란한 장식도 없다. 마스다 마츠리, 진짜 하는 거야? 혼자 불안해졌다.

기운을 내 관광안내소에서 지도를 받았다. 기분 탓이겠지만, 관광안내소의 형광등도 어둑어둑했다. 마스다시와 인연 있는 유명인으로는 화가 셋슈가 있다. 가이드북을 보고 알았다. 내일 열릴 마스다 마츠리까지 딱히 할 일도 없으니 셋슈가 디자인했다는 '정원'을 보러 가기로 했다.

이코지医光寺와 만푸쿠지萬福寺라는 두 절에 셋슈의 아담한 정원이 있었다. JR 광고로 쓰면 좋을 밝고 우아한 분위기였다. 연못과 나무와 바위의 배치를 보며 즐기기 좋았다. 정적이고 수수한 느낌을 좋아하는 사람이라면 참을 수 없으리라.

나도 감탄하며 구경했지만 실상은 '셋슈의 정원을 바라보는 나'에 취했을 뿐이다.

오후 5시. 할 일도 없어서 간단히 저녁을 먹고 비즈니스 호텔로 돌아왔다.

"내일은 틀림없이 즐거운 하루가 될 거야."

긍정적으로 생각하며 침대에 누웠으나 창을 때리는 빗소리는 점차 강렬해지기만…….

마스다 마츠리, 비.

예정된 퍼레이드는 취소되었다. 그래도 역 근처의 현민문화회관에서 행사가 열린다고 해서, 카페에서 아침을 먹고 가보았다.

길가에 크레이프나 프랑크푸르트 소시지를 파는 노점이 비에도 굴하지 않고 섰다. 우산을 쓴 아이들이 무리 지어 다녔다. 그 모습을 지켜보자 차츰 즐거워졌다.

노점 하나에도 아주 신이 난 초등학생들.

이날만을 계속 기다렸겠지. 비가 와도 아이들에게는 가슴 뛰는 축제인 것이다.

'아이들이 즐거워 보이니까 기쁘네.'

어느 새 완전히 어른의 시선이 되어 쓸쓸하면서도 색다

른 방법으로 즐기게 됐다고 생각하면 성장한 기분이다.

좋아, 그렇다면 이 축제를 '어른의 시선'으로 즐겨볼까?

홀에서 지역 중학교의 밴드 동아리가 라이브 연주를 시작했다. 객석이 거의 비었는데도 중학생들은 긴장했다.

오늘을 위해 열심히 연습했겠구나. 귀 기울여 들어줘야지.

감동하다 못해 눈물까지 글썽일 뻔했다. 어제부터 계속 느껴온 영락한 분위기 때문에 마음이 약해졌다.

비가 와서 사람이 없는데도 넓은 도로는 보행자 천국이 됐다. 화려한 옷을 입고 춤을 추는 청년 집단과 만났다. 요사코이*라고 하던가? 오늘 퍼레이드에 참가할 예정이었을 것이다.

"여러분, 비가 내려도 춤을 추죠!"

누군가의 한마디로 춤을 추기 시작했으리라. 이 시점에서 다시 솟구치는 내 눈물. 이것이야말로 마스다 마츠리의 마법일까?

마스다 마츠리.

외부 관광객을 끌어들이는 축제가 아니라 마스다 시민

---

* 마츠리에서 볼 수 있는 일본의 전통춤.

을 위한 축제다. 사실 축제의 본질이 그것 아니겠는가.

내년에는 맑으면 좋겠다.

마스다 시민을 위해서 기도하지 않고는 못 배기는 마스다 미리였다.

마스다를 충분히 즐겼으니 밤에는 마스다역에서 전철을 타고 30분 걸리는 츠와노津和野로 갔다. 마스다역에서 문득 눈에 띈 수수한 벽보에 이렇게 적혀 있었다.

마스다역 개업 80주년 기념

마스다역이 100주년을 맞이할 때, 나는 쉰네 살이다. 나는 과연 어떻게 변해 있을까? 그때쯤 마스다 마츠리를 보러 아무쪼록 또 오고 싶다. 이렇게 끝맺음하면 좋겠지만 아마도 안 올 것 같다.

이번 여행에서 쓴 돈

마스다시에서 태어나고
자란 34세 사람과

마스다라는 성으로
태어나고 자란
34세의 나.

누가 '마스다'라는
글자를 더 많이
썼을까?

으으~~~음

딱히
아무래도
상관없지
만요.

틀림없이
내가
이겨!

파닥 파닥

파닥

교통비 (하네다-이와미 비행기 왕복)	41,300엔
마스다	
숙박비	5,000엔
현지 교통비	1,090엔
식비	
초밥 세트	900엔
기타	1,500엔
셋슈의 사토 기념관	100엔
이코지	300엔
만푸쿠지	300엔
내 선물(재고였던 애니메이션 찻잔 12개 세트)	500엔
마스다역 입장권	140엔
츠와노	
숙박비(여관 1박 2식)	7,000엔
현지 교통비	1,870엔
식비	
유부초밥	550엔
머위밥	700엔
기타	1,360엔
전통 종이 뜨기 체험	800엔
모리 오가이 기념관	500엔
안노 미츠마사 미술관	600엔
온천	500엔
내 선물(콩 차)	210엔
민예품	500엔
합계	65,720엔

06
시가현 滋賀県

다른 사람의 집 현관에서, 술집 계산대 옆에서, 뒷골목에서. 그들은 고개를 갸우뚱하며 서 있었다.

너구리.

이번에는 시가라키 도자기의 대명사인 너구리의 고향, 시가현의 시가라키信楽에 가보기로 했다. 오사카 본가에 귀성했던 차여서 당일치기 여행이다.

시가라키에 가기 전에 먼저 오미하치만近江八幡에 들렀다. JR 교토역에서 오미하치만까지는 약 40분.

오미하치만은 도요토미 히데츠구가의 성하마을이라고 관광안내소에서 받은 자료에 적혀 있었다. 히데츠구……

도요토미 히데요시와 관계있는 인물이겠지. 몰라, 모른다고. 몰라도 괜찮은 나지만, 읽다 보니 히데요시의 조카임을 알 수 있었다.

현재 거리에 성은 없고 석벽과 해자*가 남아 있다. 해자 주변은 시대극 세트처럼 옛 정취가 느껴지는 관광명소였다. 삼각대를 세우고 사진을 찍는 사람도 제법 많았다. 취미가 있으면 즐거울 것이다.

나는 취미가 없다. 음악도, 연극도, 영화도, 운동도, 수집에도 빠진 적이 없고 빠지는 방법도 모르겠다. 나는 노후에 뭘 하려나?

아무튼 오미하치만은 기와로도 유명한지, 하치만 기와의 역사를 전시한 '기와 뮤지엄'도 있다고 한다.

그러고 보니 시가현으로 출발하기 하루 전날에 나는 가이드북을 보면서 혼잣말을 했다.

"기와 뮤지엄에 가볼까?"

엄마가 그걸 듣고 이렇게 물었다.

"기와를 두드리는 거니?"

기와를 두드린다고?

---

* 성 주의에 둘러 판 도랑.

순간 무슨 소린지 못 알아들었는데, 잠시 후 '그거구나' 하고 무릎을 친 나. 엄마는 뮤지엄과 뮤직이 헷갈려서 '기와 뮤지엄'이 기와를 두드리는 음악이라고 생각했던 것이다. 기와 뮤직? 그런 게 있겠어! 속으로 핀잔을 준 나였는데…… 있었다. '기와 뮤지엄'에 기와를 두드려서 도레미를 연주하는 체험 코너가 있었다. 엄마, 엄마가 꼭 틀린 건 아니었어요.

오미하치만을 떠나 드디어 시가라키다. 오미하치만에서 시가라키로 가려면 시가라키 고원 철도를 타야 한다. 시가라키가 종점이다. 시가라키 고원 철도의 열차 수가 적은 탓에 갈아타는 데 제법 시간이 걸렸다. 시간표를 조사하고 갔다면 시간 손실도 없겠지만, 시간표를 알아보는 시간과 멍하니 열차를 기다리는 시간 중에서 흔쾌히 후자를 선택하는 나다.

시가라키 플랫폼에는 이미 그 '너구리'들이 빽빽하게 서 있었다. 역에서 내리자 거대한 너구리가 환영해주었고, 길에도 도자기 가게가 많았는데 그 앞에 당연하다는 듯이 너구리가 쭉 진열됐다. 가게 앞의 너구리들이 얼마나 많은지 웃음이 나올 정도였다. 여길 봐, 여길 좀 보라는 듯이 너구리로 뒤덮였다. 그런가 하면, 안에 들어가도 계산대에 사람이 없는 가게가 많아 태평한 분위기였다.

시가라키 도자기의 제작 현장과 가마를 견학할 수 있는 '시가라키 도예촌'에 가보았다. 역에서 걸어서 10분 정도였다.

'도예 체험을 할 수 있어요'라고 적힌 종이를 발견하고 도전할 마음이 들었다. 이바라키현의 가사마 도자기 때, 내게 '빚는' 재능이 없다는 사실을 깨달았으니 이번에는 그림 그리기에 도전했다.

15센티미터 크기의 하얀 너구리에 나만의 그림을 그린다. 공방에서는 커플 한 쌍과 고등학생쯤으로 보이는 여학생 둘이 수동 조작하는 녹로로 '빚기' 체험 중이었다. 학생 한 명은 사발을 만드는 것 같았다.

그렇게 생각했는데 아니었다.

"이 찻잔은 할머니한테 드릴 거야."

소녀가 말했다.

할머니, 괜찮으실까…….

내 그림은 너구리가 쓴 우산을 물방울무늬로 칠해서 유독 판타지 풍이었다. 당분간 방에 장식해 놓을 생각인데, 아마 반년쯤 지나면 사라지겠지.

나는 추억의 물건에 흥미가 없는 성격이다. 어려서는 뭐든 다 상자에 넣어 소중히 보관했는데 어른이 된 후에는 남에게 받은 물건도 금방 잃어버리고, 내가 산 것은 특히 더 소홀해진다. 그래서 남에게 뭔가 선물할 때도 굳이 아껴주지 않아도 된다고 생각한다.

시가라키는 너구리 이외에 구경할 만한 것은 없었지만, 그 너구리가 넘치도록 많아 대만족이었다. 그래도 이런 곳은 친구랑 와서 왁자지껄 낄낄거려야 훨씬 더 즐거울 것 같았다.

나 혼자 여행을 시작한 지 반년이 지났다. 47개 도도부현을 혼자 가보는 여행은 앞으로 마흔한 번 남았다. 많기도 하지~

그나저나 여행하면서 실망할 때가 있다. 관광지에 있는 '노포'나 '창업 몇 년'이라고 홍보하는 음식점이 궁금해서 들어가보면 음식이 첨가물 범벅인 경우가 흔하다. 노포라고 간판을 내세웠으니까 조금쯤은 생각해주면 좋겠다. 창업 초기에 첨가물을 넣었을 리 없잖아. 사정이야 있겠지만 속은 기분이라 영 떨떠름하다.

이번 여행에서 쓴 돈

교통비(오사카에서 당일치기)	
	약 3,500엔
식비	
오미 소고기 런치	4,000엔
간식	300엔
오미하치만 시립 향토자료관	
니시카와가 주택	300엔
기와 뮤지엄	300엔
너구리 도자기 그림 체험	1,500엔
접시	1,500엔
배송료	1,200엔
내 선물(시가라키 도자기 열쇠고리)	
	300엔
합계	약 12,900엔

07
오카야마현 岡山県

창을 열면 10센티미터 앞이 벽이었다. 오카야마역 근처 비즈니스호텔의 방에서는 하늘조차 안 보였다. 그렇지만 하룻밤에 4,500엔이니 단념할 수밖에. 3박 예정이어서 저렴한 숙소로 정했다. 친구 결혼식에 참석하는 목적을 겸한 이번 여행. 미리 오카야마에 가서 관광하기로 했다.

제일 먼저 구라시키倉敷다. 미관지구라고 불리는 벽이 새하얀 거리가 세트장처럼 예뻤다. 진짜 세트장이라고 해도 구별 못 할 것이다. 상상 그대로의 분위기여서 마음에 쏙 들었다. 사진부터 찍으려는데, 어떤 아저씨가 말을 걸었다.

"구라시키, 어떠세요?"

나는 향토애가 강한 사람이리라 짐작했다.

"네, 정말 예뻐서 마음에 들어요."

그래서 친절하게 대답했는데 이어서 아저씨가,

"괜찮다면 같이 좀 걸으시겠어요?"

라고 말해서 그제야 헌팅인 걸 알았다. 미관지구를 모르는 아저씨랑 걸어야 하는 이유가 뭔데? 즐거웠던 기분이 급격히 가라앉았다.

아저씨를 거절한 후, 기분 전환을 위해 '이가라시 유미코 미술관'에 갔다. 만화 「캔디 캔디」를 무척이나 좋아해서 기대했던 곳이다.

그런데 막상 가보니 캔디 그림은 적었다. 이 미술관을 위해 새로 그린 「하치만짱」이라는 만화가 많았다. 캔디를 더 보고 싶었는데 여기는 '캔디 캔디 미술관'이 아니니까 어쩔 수 없지. 기념품 코너에는 「호빵맨」 관련 상품도 있어서 만화가끼리 교우관계도 쉽지 않겠다고 멋대로 생각했다.

평일이고 비가 온 탓인지 이가라시 유미코 미술관에는 손님이 나뿐이었다. 평소 어떤 손님층이 찾을까? 그런 생각을 하는데, 아주머니가 한 분 들어오셔서 다양한 손님이 있구나 싶었다. 이가라시 유미코 미술관을 나와 다시 미관지구를 걷던 나는 퍼뜩 생각했다.

아까 그 사람, 이가라시 유미코가 아니었을까? 왠지 도시적인 분위기였어. 모르겠다. 아닐지도. 만약 그 사람이 이가라시 유미코 씨였다면 나는 이렇게 말하고 싶었다.

"캔디는 대단한 소녀예요. 자기 인생을 힘차게 개척하는 캔디가 어린 시절의 저에게 용기를 줬어요."

하지만 긴장해서 아무 말도 못 했겠지(냉정하게 생각해보면 다른 사람일 것이다).

오카야마역 주변은 도쿄 어딘가와 비슷했다. 세련된 카페나 옷가게가 잔뜩 있어서 들어가보고 싶었지만, 아무래도 주눅이 들어서 못 들어갔다. 나는 세련된 가게가 늘 무섭다. 적적한 기분이 들어 편의점에서 화장품과 문구류를 사느라 4,500엔쯤 썼다. 밤에는 편의점에서 계속 책을 읽었다. 편의점이 있어서 정말 다행이었다.

다음 날은 중학교 시절부터 사이가 좋은 친구를 만나러 갔다. 남편의 전근 때문에 오사카에서 이사해 지금은 오카야마역에서 전철로 금방인 곳에 산다. 굉장히 오랜만에 만났다.

친구는 좋아 보였다. 오래 만나지 못해도 대화 느낌이나 시시한 주제로 같이 웃는 것은 똑같구나 싶었다. 친구의 두 아이도 귀여웠다. 둘째는 아직 어렸지만 유치원에 다니는

첫째에게는,

"낫짱, 엄마는 학교에서 인기가 정말 많아서 친구가 아주 많았어."

친구의 위엄을 위해 부풀려서 칭찬해주었다. 자전거 한 대를 같이 탔다가 언덕길에서 균형을 잃고 그대로 채소 가게로 돌진해 팬티를 훌렁 노출한 사건은 말하지 않았다.

돌아갈 때는 친구와 아이들이 버스 정류장까지 배웅해주었다. 버스가 막 출발해서 날도 더운데 아이들이 힘들 테니까 그만 집에 가라고 돌려보냈다. 자전거 앞뒤에 아이들을 태우고 떠나는 나의 오사카 시절 친구. 오카야마에서 만나다니 신기했다. 낫짱이 계속 뒤를 돌아보고 손을 흔들어주었다. 내가 안 보일 때까지 계속. 눈물이 날 뻔했다.

자, 사흘째는 비젠 도자기의 고향인 인베伊部로. 오카야마에서 전철로 40분쯤 걸린다. 길거리에 비젠 도자기를 파는 소규모 가게가 쭉 있었는데 긴장해서 못 들어갔다. 일부러 비젠 도자기를 보러왔는데 그냥 지나쳤을 뿐이다. 한심하다.

그런데 인베의 서점에서 『여자의 망상 인생』이라는 내 책이 두 권이나 있어서 미소를 되찾았다. 매출에 공헌하고 싶어서 만화가 야마다 나이토 씨의 만화책을 한 권 샀다.

단기대학 시절 친구의 결혼식은 호화로웠다. 오카야마는 화려함을 지향하나? 내가 축사도 했으니까 행복하게 살았으면 좋겠다.

같이 참석한 동급생들은 다들 이미 자식이 있었다. 독신은 이제 나뿐이다.

"결혼식장에서 좋은 남자 잡아."

"아예 결혼식까지 올리고 돌아가라."

그녀들이 무모한 격려를 해줬다. 저기, 나 도쿄에 남자친구 있는데……. 반론이 무의미한 허세로 보일 것 같아서 어쩔 수 없이 웃기만 했다.

아아, 얼른 도쿄로 돌아가고 싶다.

결혼하지 않은 친구가 많은 도쿄가 지금 나에게는 딱 좋다. 결혼식이 끝나자마자 서둘러 신칸센에 뛰어올라 오카야마를 떠났다.

⑦ 오카야마현

이번 여행에서 쓴 돈

오카야마에서
튀김 덮밥을
주문했는데

갯가재가 통째로
들어 있어서
비명을 지를
뻔했다.
(무서워)

얼른 뚜껑을 덮고
마음을
진정시켰다.

무서워,
무서워라.

눈을 감고
갯가재를 꺼내
물수건에
숨겼다.
(죄송합니다)

부들
부들

교통비(도쿄-오카야마 신칸센 왕복)	
	30,400엔
숙박비(비즈니스호텔 3박)	13,500엔
현지 교통비	1,950엔
식비	
돼지 데리야키 정식	1,000엔
말차와 과자	530엔
커피	450엔
베이컨과 가지 스파게티	680엔
주먹밥 2개	200엔
주먹밥 도시락	450엔
베이컨과 가지 스파게티 (샐러드와 수프 세트)	980엔
역에서 아침 식사	520엔
튀김 덮밥	1,500엔
간식 이것저것	2,000엔
오하라 미술관	1,000엔
이가라시 유미코 미술관	600엔
하치만짱 동네에 내 집 마련 이벤트 참여	500엔
엽서 등	540엔
고라쿠엔	350엔
비젠 도예 미술관	500엔
편의점에서 돈 낭비	4,500엔
내 선물('문화인의 신발' 상점에서)	
	9,770엔
야마다 나이토의 만화책	980엔
합계	72,900엔

08
이시카와현 石川県

　　회사원 시절의 동료와 이시카와현 가가온천 加賀温泉
에 1박 여행을 다녀왔다. 온천과 수영장, 피부미용과 스테
이크를 즐긴 후, 친구는 고향 오사카로 돌아갔다. 그다음부
터 나의 혼자 여행이 시작됐다.

　해 질 녘 가가온천역에서 보통열차를 타고 혼자 가나자
와 金沢에 갔다. 조금 전까지 대화 상대가 있었던 탓에 다른
때보다 훨씬 고독했다. 그런데 감상에 젖은 시간도 아주 잠
깐, 차량에 주정뱅이 아저씨가 타서 창문을 주먹으로 때리
고 주행 중인 운전석 문을 억지로 열려고 해서 현실로 돌아
왔다. 승객이 똘똘 뭉쳐 못 본 척했다. 무서워서 다른 차량

으로 가고 싶었는데 이동하다가 눈에 띌까 겁나서 '가까이 오지 마~' 하고 간절히 기도했다. 중간 역에서 내린 주정뱅이는 대기하던 역무원과 함께 어디론가 사라졌다.

무사히 가나자와역에 도착해 예약해둔 역 앞 비즈니스 호텔에서 잠을 청했다. 다음 날부터 가나자와 시내 관광이다.

일단 겐로쿠엔에 가보기로 했다. 그러고 보니 이로써 일본 3대 정원을 제패한 셈이다.

미토의 가이라쿠엔, 오카야마의 고라쿠엔, 그리고 가나자와의 겐로쿠엔. 모두 관리를 잘해서 아름다웠다. 제일 좋은 곳이 어딘지 물으면 곤란하다. 다 비슷한 느낌이랄까. 일본풍의 넓고 아름다운 공원이다. 가끔 시마네현에서 갔던 셋슈 정원이 생각날 때가 있다. 당시에는 평범하다고 느꼈는데 문득 경치가 선명히 떠오르는 게 신기하다.

토산품 가게에서 대하드라마 〈무인 토시이에〉의 상품을 보고 가나자와 성이 마에다 토시이에*의 성인 것을 알았다. 토시이에가 차를 좋아해서 가나자와에서는 전통 화과

---

* 센고쿠 시대와 아즈치·모모야마 시대의 무장.

자가 발달했다고 한다.* 그래서 가나자와에는 지금도 화과자점이 많다고. 가게 앞의 진열장을 들여다보니 아름다운 과자가 정갈하게 놓여 있었다. 순식간에 사라지는 물건에 복잡하고 아름다운 세공을 한다. 무의미한 일 같지만 그게 인간다운 풍요가 아닐까, 같은 그럴듯한 생각을 해보았다.

시내에 있는 '과자 문화 뮤지엄'을 견학하며 과자 장인이 만든 과자 세공에 경탄했다. 국화나 소나무가 진짜처럼 보였다.

장인이라면 역시 가가유젠** 장인들이다. 기모노에 그려진 밑그림에 하나하나 색을 입히는 섬세한 공정 앞에서 내 자세까지 곧아지는 기분이었다.

"가가유젠은 사실주의여서 시든 풀이나 벌레 먹은 잎까지 그린답니다."

가가유젠 공방에 들렀을 때 설명을 들었다. 완성된 기모노를 자세히 보니 정말로 벌레 먹은 잎이 그려져 있었다. 시든 풀색이 전체적인 분위기를 이끌었다. 적절할 때 이런 토막상식을 선보여야지!라고 속으로 생각했다.

---

* 다도에는 달콤한 과자를 곁들이므로 다도가 발달한 지역에서 화과자도 발달한다.

** 유젠은 기모노 직물에 인물이나 꽃무늬를 화려하고 선명하게 염색하는 기법.

다른 이야기인데, 이시카와현의 사투리가 좋다.

어제에에, 텔레비전에서어어, 했는데에에.

이렇게 말끝이 마치 '메아리'치는 것 같다. 노래하듯이 들려서 참 귀엽다.

나는 현재 고향 오사카를 떠나 도쿄에 살고 있으니까 표준어를 쓴다. 표준어를 쓰며 살겠다고 스스로 정했다. 도쿄에서 새롭게 만나는 사람들이 나를 남에게 설명할 때 '오사카 사투리를 쓰는 여자'라고 말하는 건 별로라는 생각이 들었기 때문이다. 키가 크다거나 호리호리하다거나 당나귀 같다거나. 오사카 사투리를 쓰는 여자를 먼저 떠올리기보다 뭐라도 좋으니 나의 특징에 관심을 기울여주길 바랐다. 그래서 비교적 빨리 표준어로 바꿀 수 있었다.

그러나 여행지에서 사투리를 들으면 조금 쓸쓸해진다. 나는 이제 고향의 말을 쓰지 않고 사는구나.

아무튼 이시카와현은 동해의 풍요로운 은혜를 누리는 곳으로, 마을 중심에 거대한 시장도 있다. 신선한 생선을 가득 올린 '해산물 덮밥'이 유명하다고 들어서 시장의 해산물 덮밥 가게에 나도 모르게 들어갔다.

아아, 도대체 나는 언제쯤 '명물'의 굴레에서 벗어나려나? 별로 좋아하지도 않는데 '명물'이란 이유로 먹는 건 그만두자. 그렇게 다짐했으면서 여전히 '여행인데 안 먹을 수 없지'라는 생각에서 벗어나지 못한다. 나는 어패류를 싫어해서 평소 거의 입에 대지 않는다. 그런데 여행만 오면 누가 강요한 것처럼 먹는다니까.

'맛있을까?' 사람들은 보통 주문한 음식이 나올 때까지 이렇게 생각하며 기다리리라. 반면에 나는, '전부 먹을 수 있을까?' 하는 불안하고 답답한 마음이 앞선다. 남기면 실례니까 어떻게든 다 먹어야 한다고 걱정한다. 아니, 남겨서 실례라기보다 남기면 '맛도 모르는 멍청이'라고 여겨지는 게 싫은지도 모르겠다.

이시카와현의 신선한 해산물 덮밥. 맛은 있었지만 나는 다 먹지 못해서 직원이 안 보는 틈에 손수건으로 싸서 가방에 숨겼다. 앞으로는 진짜 그만두자. 아무리 여행이라도 먹기 싫은 것은 먹지 말자.

가나자와는 시내에도 구경할 것이 많다. 겐로쿠엔, 화과자, 가가유젠 외에도 오래된 무가 저택 거리, 구타니 도자기, 금박공예, 와지마 칠기 전문점……. 뭔가 하나쯤 갖고 싶은 현도 혹시 있지 않을까?

구경거리가 밀집한 이런 거리는 나이를 먹은 후에도 즐거울 것 같다.

⑧ 이시카와현

가가유젠 전통산업회관에서 '가상 기모노'에 도전.

디지털 카메라

카메라로 촬영한 얼굴과 기모노를 합성하는 것이다.

후리소데*를 입어본 적 없어서 후리소데를 골랐다.

평생 단 한 번 입는 후리소데가 가상이라니….

어휴

이번 여행에서 쓴 돈

교통비(하네다 – 고마츠 비행기 왕복)	23,500엔
숙박비(비즈니스호텔 2박)	11,200엔
현지 교통비	2,740엔
식비	
샌드위치	850엔
하이라이스	650엔
지라시 초밥 세트	2,000엔
해산물 덮밥	1,200엔
간식	1,500엔
겐로쿠엔	300엔
가나자와 고전 찻집 견학	400엔
과자 문화 뮤지엄	300엔
소설가 이즈미 교카 기념관	250엔
이시카와 현립미술관	1,380엔
가가유젠 전통산업회관	300엔
가상 기모노 사진	300엔
가가유젠 공방	500엔
내 선물 (구타니 도자기 접시 2장)	3,400엔
구타니 도자기 엽서	200엔
합계	50,970엔

* 겨드랑이 밑을 꿰매지 않아 소매가 긴 기모노로, 미혼인 젊은 여성이 입는 예복.

09
사이타마현 埼玉県

　사이타마의 어딜 가볼까. 사이타마의 관광명소라
면 역시 가와고에 川越일까? 가와고에에는 이미 두 번이나 다
녀왔으니까 다른 곳이 좋겠다. 서점에서 사이타마현 가이
드북을 사서 팔랑팔랑 넘기는데, 삐릿삐릿 신호가 오는 지
명을 발견했다. 히가시무라야마 東村山. 코미디언 시무라 켄
이 노래한 그 동네 아닌가! 도리후*를 보며 자란 세대로서
강렬히 흥미를 느꼈다. 그런데 지도를 자세히 보니 히가시

---

*　밴드이자 콩트 그룹 드리프터즈의 약칭. 2020년 3월 사망한 일본의 국민 코미디언
　이자 사회자 시무라 켄은 이 그룹의 제자로 활동을 시작했다.

무라야마는 아슬아슬하게 도쿄 안에 있었다. 포기.

가이드북을 계속 읽다가 '소카草加'라는 동네를 발견했다. 소카라면 소카 전병. 지금껏 도쿄 명물이라고 생각했는데 '소카'는 사이타마에 있었구나. 몰랐다. 소카 전병 제조에 도전할 수 있는 가게도 있다고 적혀 있었다. 직접 구운 소카 전병. 꽤 재미있을 것 같은 체험이다. 이번 메인 이벤트는 소카 전병 제조로 결정!

소카에 가기 전에 다른 동네를 이곳저곳 들르기로 했다.

오전 10시. 시부야에서 사이교선을 탔다. 우선 니시카와구치西川口에 있는 가와나베 교사이 기념미술관에.

가와나베 교사이는 에도 막부 말기부터 메이지 시대까지 활약한 일본 화가다. 이렇게 적으면 예술에 정통한 사람 같은데 이 화가에 대해서 전혀 모른답니다.

"교사이의 그림 진짜 좋아."

지인의 말을 듣고 가볼 마음이 생겼다.

니시카와구치역에서 미술관까지 도보 15분이라고 해서 생각할 것 없이 택시를 탔다. 태풍이 지나간 다음 날이어서 찜통더위였다.

가와나베 교사이 기념미술관은 주택가에 섞여 있었다. 민가 크기였다. 접수처 직원의 안내를 받아 제1전시실로 들어갔다. 다다미 열두 장 크기의 방에 그림이 전시됐다. 미인도가 걸려 있었는데 소박하면서도 감각적인 그림이었다. 게다가 달필. 동물들을 의인화해 생생하게 그린 그림은 귀여웠고, 유령 그림도 재미있었다.

"제2전시실로 안내하겠습니다."

직원을 따라 다른 방으로 들어갔더니 기념품 코너였다……. 혹시 미술관은 저쪽 방으로 끝? 그래도 입장료가 300엔이었고 마지막에 홍차도 마시게 해줬으니까 뭐 괜찮네, 라고 생각했다.

그러고 나서 옆 동네의 와라비蕨 상점가에 노점이 들어서서 보러갔는데 제53회 하타 마츠리가 한창이었다. 칠석을 맞아 재미있는 장식을 달아 놓았다. 버터감자구이의 버터가 더워서 흐물흐물 녹았다. 빙수만 잘 팔리는 듯했다. 사슴벌레나 메추라기 새끼도 팔고 있어서 문득 그리운 옛날 생각이 났다. 더위가 가신 밤이면 좀 더 활기차겠지.

다시 전철을 타고 가 오미야大宮에서 히카와신사氷川神社를 둘러보고 드디어 소카로 향했다. 소카역 앞 중식당에서 배를 채웠다. 이제부터 소카 전병을 굽는 대업이 기다리니까.

걸으면서 소카 전병 가게를 몇 군데나 보았다. 그중 한 곳이 역사가 깊어 보여서 가게를 보는 할머니에게 인사를 하고 전병을 보여달라고 했다.

내가 계속 땀을 닦자 할머니가 "너무 덥지요?"라며 말을 걸어주었다. 그걸 시작으로 잠깐 수다를 떨었다. 내 여행에서 드문 '만남의 시간'이다.

신기하게도 그 할머니는 역 근처 무슨 소녀 동상(잊어버렸다)의 모델이었다고 한다. 오래된 소카 전병 가게의 딸이라서 그런가? 설명을 많이 들었는데, 무더위 속을 이리저리 돌아다닌 내 귀에는 거의 들어오지 않았다. 모처럼의 '만남'을 놓치고 말았다.

마침내 소카 전병 제조를 체험할 수 있는 가게에 도착했다. 가게 앞에서 점원 두 명이 소카 전병을 굽고 있었다.

"부담 없이 도전해보세요."

그런 종이가 붙어 있었으나 부담 없이 말을 걸 분위기가 아니었다. 나는 묵묵히 작업하는 두 사람 뒤에서 어쩔 줄 모르고 서 있었다.

내 존재를 알아차려줄까?

그때 내게 등을 보이고 전병을 굽던 아주머니가 갑자기 가게 안에 대고 외쳤다.

"손님 오셨어!"

알아차렸나 보다……. 안에서 여자가 서둘러 나와 막 구운 전병과 차가운 차를 대접해주었다.

나는 그 사람에게 슬며시,

"여기에서 전병을 굽는 체험도 할 수 있다죠?"라고 운을 띄웠는데, "해보시겠어요?"라고 말해주지 않았다. 어쩌지. 해보고 싶다고 말할까? 하지만 굽는 사람들이 너무 바빠 보이는데. 한참 고민하다가 시간이 너무 지나서 이제 와 "해보고 싶어요"라고 말하기 어려워졌다. 아아, 오늘의 메인 이벤트였는데 포기해야겠군……. 차를 얻어 마셨으니까 소카 전병을 사서 가게를 나왔다. 거미집에 걸린 벌레가 된 기분이었다.

사이타마현. 그다지 좋은 여행은 아니었다.

이 현을 올바로 여행하는 방법은 어떤 코스일까? 존 레넌 뮤지엄에 갔어야 했나. 숙제가 남은 한여름 여행이었다.

⑨ 사이타마현

토산품 좋아.

사이타마현 토산품을 모아 놓은 가게가 오미야에 있다고 해서 가보았다.

바로 근처예요. 북소리가 들리는 쪽이요.

역 관광 안내소에서 어디인지 물었더니

안내

와글 와글

북소리?

빵빵

시끌 시끌

이날 '사이타마 큰북 엑스퍼트'라는 이벤트가 있었다.

아니, 도시에서 '소리'로 찾아가라니 무리잖아!

이번 여행에서 쓴 돈

교통비	약 2,500엔
식비	
탄탄면	670엔
소프트아이스크림	230엔
차와 기타 등등	400엔
가와나베 교사이 기념미술관	300엔
화집	2,000엔
손수건(더위서)	300엔
소카 전병(할머니의 가게)	1,200엔
소카 전병(체험 실패한 가게)	500엔
내 선물(중고 식기)	400엔
합계	약 8,500엔

혼자 여행
추억 앨범

디지털카메라를 깜박해 여행지에서
일회용 카메라를 사기도. 잊지 못할 경치,
맛있었던 음식도 찰칵.

3. 홋카이도

오로라호에서 본 유빙.
갈매기가 배를 따라온다.

1. 아오모리현

츠가루 철도 '달려라 메로스'호.
설경을 보러 한 번 더 타러 가고 싶다.

5. 시마네현

마스다시 안내판. 화가는 셋슈.
'마스다 씨'가 아니에요.

2. 미에현

시간이 없어서 자전거를 대여해
후다닥 보고 왔다.

6. 시가현

시가라키역 플랫폼에서는 너구리들이 환영.

4. 이바라키현

미토에서 고몬 님. 동상을 보면
사진을 꼭 찍어야 한다는 생각이.

7. 오카야마현
헌팅 당한 구라시키.

9. 사이타마현
소카 마츠바라.
일본의 길 100선에
꼽히는 아름다운
소나무 길.

8. 이시카와현
가가유젠 합성 사진,
8등신!!

10. 오사카부
에비스다리에서 뛰어내리려고
옷을 벗는 사람들.

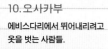

여행을 갈 때마다 사니까
거의 다 모은 가이드북.
가서 실망할 때도 있고
의외로 좋을 때도 있다.

11. 후쿠이현
와카사지 박람회. 와카사 바다에
등롱 띄우기.

12. 사가현

사가의 벌룬 페스타.
판다 모양 기구도.

14. 가고시마현

이케다호의 잇시.
호반에는 유채꽃이 가득.

13. 나가노현

마고메의 해 질 녘. 돌바닥이 주황색으로
반짝여 아름다웠다. 마고메는 현재 기후현.

15. 아이치현

이누야마성에서 본 기소강.
작지만 마음에 드는 성이었다.

17. 고치현

시만토강의 절경 포인트까지
자전거로 갔다. 지쳤어…….

16. 야마나시현

이사와교의
피리 부는 조각상.

18. 가나가와현
가와사키 다이시도 북적북적했다.

21. 시즈오카현
하마마츠성. 약간 비. 햇볕에 탈 걱정 없음.

19. 미야기현
고케시 그림 그리기. 왼쪽은 프로, 오른쪽이 나.

22. 야마구치현
비에 젖은 긴타이다리. 그림 같다.
비 오는 날 여행도 괜찮다.

23. 지바현
땅콩 모나카.
벤치에 앉아
아삭아삭 먹었다.

20. 후쿠시마현
다카타마 광산. 광차를 타고 안으로.

24. 도치기현
마시코에서 그림 그리기 체험.
마음에 들어서 두 번 더 갔다.
접시는 지금도 쓴다.

25. 후쿠오카현

모지항은 바나나 도매의 발상지.

27. 나가사키현

지지와 해안. 나가사키에서 버스로
운젠에 가던 중에 보였다. 아름다워.

29. 군마현

다루마지의 달마. 다카사키역에서는
달마 용기에 담긴 역 도시락을 발견.

26. 구마모토현

버스에서 본 아마쿠사 마츠시마의 경치.

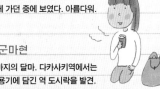

28. 야마가타현

우체통의 꽃 우산.
아오모리현 히로마에의
우체통에는
사과가 있었다.

30. 니가타현

상점가에서 발견한 처음 보는 채소.
도쿄의 고급 슈퍼에서 팔 것 같다.

31. 교토부

동양적인 만푸쿠지.
이 절은 한 번 더 가고 싶다.
그때는 여름 말고 가을에.

34. 도야마현

무로도의 미쿠리가이케 호수.
합성 사진처럼 선명한 경치.

35. 돗토리현

처음 타본 침대차. 밤 8시. 침대차 특급
'이즈모'를 타고 도쿄로 돌아왔다.

32. 효고현

검은콩이 들어간
갈분떡. 우연히 발견하고
얼른 사 먹었다.

33. 나라현

감잎 초밥. 본가 선물용으로 샀는데
맛있어서 잔뜩 먹었다.

36. 오키나와현

오키나와의 접시를 샀다. 오른쪽은 깨트렸다.
마음에 들었는데 아까워……

40. 미야자키현

아야초의 히나마쓰리(여자아이의 명절에 지내는 행사). 디오라마 산속에 히나단을 설치한다고.

37. 가가와현

곤피라의 긴 계단. 오른쪽 너구리는 도고온천에서 산 도베 도자기 인형.

41. 기후현

구조하치만에서 튀김 만들기(샘플).

38. 에히메현

동네 빵집에서 산 귤 식빵.

39. 아키타현

요코테 가마쿠라 눈 축제. 가마쿠라(움집)에서 맛있게 먹기. 냄비에는 감주가 가득.

42. 히로시마현

다케하라의 거리 풍경. 여기가 고향이라면 도쿄 친구들을 데리고 와서 자랑하고 싶다.

43. 이와테현

겐비계곡의 하늘을 나는 경단.
찻주전자와 함께 온다.

44. 도쿠시마현

오츠카 국제미술관.
굉장히 넓고 호화롭다.
가까이에서 봐도 진짜 그림 같다.

45. 와카야마현

나치폭포. 소리가 커서 놀랐다.
아무리 봐도 안 질린다.

47. 도쿄도

도쿄대에서 직접 만든
소프트아이스크림.

46. 오이타현

다카사키산 자연동물원.
원숭이가 눈앞에서 돌아다닌다.

여행을 다녀오면
영수증과 팸플릿, 사진 등을
각각 봉투에 넣어 보관한다.
총 47개가 됐어요.

10
오사카부 大阪府

　한신 타이거스다. 야구 자체에 흥미가 없어서 어디가 우승하든 상관없지만, 들뜬 오사카가 궁금해서 열 번째로 혼자 여행하는 지역은 고향 오사카로 결정했다. 한신이 우승할지도 모른다는 날에 도톤보리道頓堀 근처 비즈니스호텔을 예약했다. 분주하게 신칸센을 탔으나 그날 밤에는 우승이 결정되지 않았다.

　저녁을 먹은 후, 모두가 뛰어내린다는 '에비스다리*'로 혼자 어슬렁어슬렁 가보았다.

───────────

＊　한신 타이거스가 프로리그에서 우승하면 이 다리에서 뛰어내리는 전통이 있다.

다리 위에서 기념사진을 찍는 사람이 많았는데, 연중 내내 사람이 많은 곳이라 타이거즈의 영향은 딱히 느끼지 못했다. 통칭 '헌팅 다리'라고 불리는 만큼 헌팅하느라 바쁜 남자 넷 일행이 있었다. 여자 둘을 어떻게든 꾀려고 열을 올리고 있었다.

"우리랑 마시러 가거나 너희 집에 가거나, 뭐가 좋아?"

황당한 선택지를 제시했는데 여자들은 "바보니?"라며 좋아했다. 그들은 여자들을 한참 웃기다가 그래도 안 되겠다 싶으면, "그럼 조심해서 가"라며 손을 흔들고, 다른 여자들에게 말을 걸었다. 밀당 자체를 즐기는 느낌이다.

다리 중앙에는 누군가 강에 뛰어내리기를 기다리는 구경꾼도 있다(아직 우승도 안 했는데). 점차 "빨리 누구든 뛰어내려!"라는 분위기가 되어, 다리 위에 모인 남자들이 "뭐야, 난 싫어. 네가 해" "내가 왜? 네가 하라니까"라고 낄낄대며 서로 떠넘겼다.

그때 규슈에서 왔다는 한 남자가 어디선가 등장, 갑자기 다리 난간을 뛰어넘어 도톤보리강으로 다이빙했다. 환호성이 터졌다.

"이게 바로 규슈 남자다!"

강에서 나온 그가 외쳤다. 판에 박은 듯이 훌륭한 규슈 남자*였다.

그렇지만 이곳 오사카에는 '마초'보다 '바보'를 높게 쳐주는 기적의 사고방식이 뿌리 깊어서, "뭐라는 거야~"라고 웅성거리는 관객의 소리……. 그 후, 엉덩이를 내밀고 뛰어내리는 간사이의 바보 남자들에게 보내는 박수가 훨씬 더 컸다. 나는 새벽 1시까지 다리 위에 있었는데 스무 명가량 뛰어내린 것 같다.

한신이 우승한 날 밤에는 이미 수를 헤아리기 불가능했다. 이날은 괜찮았는데 후일 사망자까지 나왔다. 그게 이상하지 않을 정도로 패닉 상태였다. 지켜본 결과, 소란을 떠는 집단은 세 개로 분류할 수 있었다.

먼저 한신 타이거즈의 진정한 팬들. 응원 물품을 들고 한신 응원가나 특정 선수의 응원가를 합창한다. 이 집단이 세 집단 중 가장 얌전하다.

이어서 물건을 파괴하는 그룹. 사실은 같이 응원가를 부르고 싶지만 노래는커녕 선수 이름도 제대로 모르니까 함께 어울릴 수 없다. 어쩔 수 없이 높은 곳에 오르거나 폭죽을 터뜨리거나 자동차로 다리를 지나면서 훌리건처럼 소

───────────

* 규슈 출신 남자는 외골수에 씩씩하다는 이미지가 있다.

동을 피운다.

마지막은 무조건 강에 뛰어들려고 온 집단이다. 새벽 1시, 2시가 지나도록 뛰어드는 인원수는 늘기만 했다. 흥분해서 같은 사람이 몇 번이나 계속 뛰어내렸다. 이쯤 되면 평범하게 뛰어들면 재미없으니까 전라가 당연해진다. 다리 위에는 알몸 남자들이 우글우글. 벗어 던진 트렁크 팬티가 다리 위에 몇 장이나 떨어져 있었다.

강으로 뛰어내린 남자친구가 올라오기를 기다리는 여자도 눈에 띄었다.

"내 남친은 바보라니까."

그런 소리를 하지만 즐거워하며 자랑스러워한다. 바보인 게 이토록 중요한 동네는 일본에서도 오사카뿐이리라.

내 옆에서 구경하던 남자 두 명 중 한 명이 중얼거렸다.

"나도 슬슬 뛰어내려볼까?"

제법 성실해 보이는 사람이어서 의외였다.

"그쪽도 뛰어내리려고?"

내가 놀라서 묻자 그가 대답했다.

"대학 시절의 마지막 기념으로 뛰어내리려고 왔거든요."

그는 아마도 이제껏 성실하게 살아왔을 것이다. 머리도 좋아 보였다. 그런 그가 오늘 밤, 대장균이 득실거리는 도톤보리강에 다이빙을 하러 왔다.

'나도 바보 같은 면이 있어' 혹은, '바보 같은 짓을 한 적이 있지'라고 장래에 생각함으로써 마음의 안정을 찾는 날이 있겠지.

"알몸으로 팬티를 머리에 쓰고서 다이빙하겠어."

그가 선언했다. 그런데 지켜보니 팬티도 못 벗고 수줍게 퐁당 강에 뛰어들었을 뿐이어서 아무도 그를 주목하지 않았다. 그래도 나는 강에서 올라온 그에게 말해주었다.

"진짜 엄청 튀었어요!"

그의 추억을 위해서.

결국 나는 새벽 4시까지 다리 위에서 상황을 지켜보았다. '바보'라고 여겨지기 위해서 이 다리 위에 온 오사카 사람들이 나는 사랑스러워 견딜 수 없었다. 이런 걸 향토애라고 하나?

이번 혼자 여행은 오로지 한신 타이거스였다. 기시와다岸和田의 '단지리 마츠리'도 가긴 했는데……. 아무튼 이상한 여행을 하고 온 것 같다.

⑩ 오사카부

단지리 마츠리에 늘어선 노점의 수가 정말 어마어마 했다!

전부 맛있어 보였다.

부럽다.

나도 다코야키를 하나 샀으나

하나요.

사람이 이렇게 많은데 고독해….

오도카니

이번 여행에서 쓴 돈

교통비(도쿄 – 신오사카 신칸센 왕복)	
	25,200엔
현지 교통비	1,500엔
숙박비(비즈니스호텔 2박)	14,800엔
식비	
새우 과자	170엔
호라이의 해산물 볶음국수	1,000엔
주먹밥	470엔
미니 돈가스 덮밥	420엔
다코야키	500엔
기타 간식	약 2,000엔
합계	약 46,060엔

11
후쿠이현 <small>福井県</small>

이번 달은 시코쿠 어딘가에 갈 예정이었는데, 외부의 강력한 압력으로 후쿠이현이 되고 말았다.

우리 부모님은 두 분 다 후쿠이현 오바마시<small>小浜市</small> 출신이다. 이 오바마시에서 '와카사지 박람회 2003'이 개최되는지, "혼자 여행 때 당연히 갈 거지?"라며 고향에서 집요한 전화가……. 별로 흥미가 없어서 흐지부지 안 가려고 했는데, 거듭되는 "안 갈 거니?" 전화에 져서 후쿠이현으로 떠났다.

후쿠이현에 가는 일정을 본가에 알렸는데, 갑자기 우리

아버지도 오사카에서 참가하겠다는 것이다.

혼자 여행이라고 했잖아요!

어쩔 수 없다. 박람회는 같이 보고 그 후에는 따로 움직여야지. 그나저나 사람은 몇 살이 되어도 고향을 자랑하고 싶은가 보다.

그리하여 첫날은 후쿠이현의 오바마역에서 아버지와 합류했다. 박람회에 들른 후, 둘이서 친척 집에서 하루 머물고, 다음 날 아버지는 혼자 차를 타고 오사카로 돌아갔다.

그때부터 나의 혼자 여행이 시작되었다.

에이헤이지永平寺라는 유명한 절이 있다고 후쿠이현 가이드북에서 대대적으로 다루길래 한번 가보기로 했다.

오바마에서 후쿠이까지 전철로 약 2시간. 거기에서 '에치젠 철도'를 타고 에이헤이지구치永平寺口역까지, 거기에서 버스를 갈아타고 에이헤이지에 도착했다.

참배길에 토산품 판매점과 메밀국수 가게가 줄을 이었고 관광객도 있어서 적당히 붐볐다.

곧바로 에이헤이지로 들어가보았다. 첫인상이 산속에 있는 거대한 절이라는 이미지여서 나올 때까지 이 인상이 강하게 남았다. 750년 전에 세워진 절이어서 건물 외관에서 오래된 정취가 느껴졌는데, 절 내부는 비교적 근대적인

부분도 있었다. 그런 생각을 하고 있었는데, 절에 관해 설명해주던 젊은 스님이 알려주었다.

"근대적인 분위기라고 생각하는 분도 계실 테지요. 이곳은 불상이나 건물을 구경하러 오시는 절이 아니라 수행승이 수행하는 절입니다."

실제로 이곳에는 수행승 250명 정도가 혹독한 수행을 하며 지낸다고 한다. 고작해야 고등학생으로 보이는 젊은 스님들이 청소를 하거나 뭔가 옮기느라 분주했다. 여름에는 새벽 3시 반, 겨울에는 4시 반에 일어나 좌선과 독경에 힘쓴다고 한다. 관광하러 온 아주머니들이 "힘들겠네"나 "대단하네"라며 연신 감탄했다.

팸플릿을 보니 이른 새벽에 복도를 일제히 청소하는 수행승들의 사진이 있었다.

오오, 이거 보고 싶어.

출구에 있던 스님에게 물었다.

"아침에는 몇 시부터 견학할 수 있어요?"

"5시부터 참배할 수 있습니다."

넌지시 참배라고 정정한 대답이 돌아왔다……

에이헤이지 근처 여관에서 하룻밤 묵고 새벽 5시에 기상. 스님들의 복도 청소를 보기 위해 아직 어둑어둑한데 혼자 에이헤이지로 갔다. 그러나 입구에서 이런 말을 들었다.

"청소 중이니 잠시 기다려주십시오."

저기요, 그걸 보고 싶어서 일찍 일어난 건데요…….

"외부의 사리전은 보실 수 있습니다."

내가 멍하게 서 있자 권유해줘서 가봤는데, 그곳에 세워진 간판을 보고 황급히 돌아섰다.

'독사를 조심하십시오.'

에이헤이지. 가보길 잘했다. 산사 특유의 자연에 녹아든 정갈한 아름다움에 감탄하는 순간이었다.

그런데 수행승들은 혹독한 수행을 마친 후에는 어떻게 될까? 그대로 에이헤이지에서 수행을 이어가는 수행승도 있을 테고, 본가가 유복한 절인 수행승도 있을지 모른다. 그러고 보니 예전에 돈 많은 절의 아들과 술을 마신 적이 있었지.

달리기를 마치면 달콤한 물을 마실 수 있다는 것을 아는 사람과 골인 지점도 모르고 달리는 사람은 달릴 때의 고통도 다르지 않을까? 갑자기 그런 생각이 들었다.

이번 후쿠이 여행. 부르지 않았는데 아버지가 왔다. 아버지는 생각 이상으로 즐거워 보였다. 아버지의 형님인 큰아버지의 집에도 묵었다. 어렸을 때부터 나를 귀여워했던 큰

아버지와 큰어머니.

　떠나는데 현관에서 큰어머니가,

　"뭐 챙겨줄 게 없구나."

　라며 서른네 살인 내게 만 엔 지폐를 주었다. 나도 모르게 울컥했다.

　"건강하세요."

　인사를 드리고 서둘러 아버지의 차에 올라탔다.

　혼자 여행을 떠나기로 마음먹은 덕분에 이렇게 오랜만에 만나는 사람도 있다. 왠지 뭉클해진 가을이었다.

⑪ 후쿠이현

에이헤이지에 문장을 적은 게시판이 잔뜩 전시되어 있었다.

태어난 것은 죽고 만난 자는 이별한다.

'아는 것'과 '이해하는 것'은 다르다.

신발을 정돈하면 마음도 정돈된다.

감동했나 보다.

휴대폰 카메라로 전부 찍는 사람이 있었다.

이번 여행에서 쓴 돈

교통비(하네다− 고마쓰 비행기 왕복)	
	23,450엔
현지 교통비	7,790엔
숙박비(여관 1박 2식)	8,400엔
친척 집(1박)	무료
식비	
무즙 메밀국수	600엔
군밤	500엔
빵	410엔
기타	640엔
에이헤이지 참배료(2회)	1,000엔
내 선물	
민예품	500엔
과자(가가의 하쿠호*)	700엔
메밀된장	400엔
합계	44,390엔

*　모나카 안에 단맛이 나는 조청으로 조린 호두를 넣은 과자.

12
사가현 ^{佐賀県}

초등학교 합창 경연 때 불렀던 '기구를 타고 어디까지나'라는 명곡, 나는 이 노래를 연습하며 생각했다. 언젠가 기구를 타고 싶다고.

왜 갑자기 예전 일을 떠올렸느냐, 어느 날 저녁 텔레비전에서 '벌룬 페스타'라는 기구 축제를 소개했기 때문이다.

저기 가면 기구도 탈 수 있을까? 그래서 사가현에서 열리는 '벌룬 페스타'에 가보기로 했다.

사가현 가이드북을 확인하니, 마침 '가라츠쿤치'라는 마츠리와 일정이 겹치는 것을 알았다. 먼저 후쿠오카 공항에서부터 전철로 1시간 반쯤 걸리는 가라츠唐津로 향했다.

가라츠쿤치는 장식 가마 여러 대가 거리를 돌아다니는 형식의 마츠리로, 나는 밤에 열리는 전야제를 구경하기로 했다. 오사카에서 '단지리 마츠리'를 보면서 '가마' 축제에 대해 배운 것이 있다. 대기 시간이 길기 때문에 가마를 제대로 보고 싶으면 반드시 몇 시간 전부터 좋은 자리를 확보해야 한다. '단지리' 때는 한낮에 하염없이 기다리느라 육체적으로 고통이 컸다. 가라츠쿤치는 생각할 것도 없이 일몰 때를 골랐다. 전야제는 밤 7시 반부터 10시까지다.

구경꾼이 어마어마하게 많았다. 이 정도로 유명한 축제일 줄은 몰라서 당황했다.

가라츠쿤치는 전통 종이로 만든 사자나 도미 모양의 커다란 가마를 음악에 맞춰 끌고 다니는 축제다. 밤에는 가마에 불까지 밝혀 대단히 아름다웠다. 나는 저녁 무렵 3시간 전부터 자리를 잡고 기다린 덕분에 잘 보이는 장소를 잡았다. 잘 보이긴 하지만 역시 기다리는 건 피곤하다. 이런 축제를 보려면 젊을 때 보는 게 낫겠다고 생각했다.

축제를 기다리며 노점에서 버터감자구이를 먹었는데, 중학생 정도인 여학생 둘이 나를 보고 이렇게 속삭이는 것이 들렸다.

"저 언니가 먹는 거 뭘까?"

아줌마가 아니라 아직 '언니'여서 정말 안심했다……

자, 드디어 '벌룬 페스타'다.

사가현은 '벌룬 사가역'이라는 특설 역까지 만들 정도로 정성을 퍼부었다. JR 사가역의 다음다음 역이다. 정식 이름은 '사가 인터내셔널 벌룬 페스타'로, 외국에서도 110개 이상의 열기구가 모였다고 한다. 그 기구들을 이벤트 회장인 하천부지의 표적에 얼마나 가깝게 내리는지 겨루는 경기가 열려서 관광객들은 둑에 앉아 그 광경을 지켜봤다.

하천부지에는 노점이 쭉 늘어섰다. 사람들이 볶음국수나 프랑크푸르트 소시지를 먹으며 하늘에 둥실둥실 떠다니는 기구를 구경했다.

그저 가만히 하늘을 올려다보는 군중. 연금 문제나 사기, 전쟁, 테러, 구조조정, 매니페스토. 그런 것이 세상에 존재하지 않는 듯한 오후다. 이토록 느긋한 축제가 과연 일본에 또 존재할까?

선착순 200명인 기구 체험 이벤트는 놓쳤지만 그런 것쯤 아무래도 좋았다. 느긋한 하루였다. 기구를 바로 아래에서 보는 것도 처음이었다.

사가의 벌룬 페스타. 또 가진 않겠지만 하늘을 우러러본

'그 시간'을 다 같이 공유할 수 있었던 유쾌한 추억이다.

마지막 날에는 돌아가기 전에 유토쿠이나리 신사祐德稲荷神社에. 교토의 후시미이나리伏見稲荷, 이바라키의 가사마이나리笠間稲荷와 함께 일본 3대 이나리 신사*라나. 지인이 아름다운 신사라고 귀띔해줘서 모처럼 왔으니까 한번 둘러보기로 했다.

유토쿠이나리 신사는 교토의 절 기요미즈데라처럼 산의 경사면에 기대어 지어진 건축물이어서 하늘을 향해 높이 솟구쳤다! 사진에 담으려면 멀리 떨어져야 할 정도로 거대한 신사여서 보는 맛이 있었다.

내가 사가현에 여행을 간다고 하자 몇 명이 "사가에는 아무것도 없는데?"라고 말했다. 가본 적도 없으면서 함부로 말하다니 사가현에 대한 실례다. '가라츠쿤치'도 '벌룬 페스타'도 이곳에서만 볼 수 있고, 도자기로 유명한 아리타에 있는 도자기 박물관도 얼마나 훌륭했는데(게다가 무료). 도기와 자기의 차이점도 알았다. 백문이 불여일견이라니까, 하하.

---

* 곡식을 관장하는 이나리신을 모신 신사.

⑫ 사가현

가라츠에서 도자기를 봤다.

가라츠 도자기는 수수하네~

이거 주세요.

그렇게 생각 하면서도 기념으로 하나 샀다.

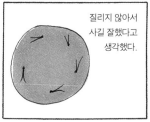

질리지 않아서 사길 잘했다고 생각했다.

이번 여행에서 쓴 돈

교통비(하네다─후쿠오카 비행기 왕복)	
	45,950엔
현지 교통비	8,740엔
자전거 대여(아리타)	300엔
숙박비(비즈니스호텔 사가에서 2박)	
	10,500엔
식비	
핫도그	200엔
버터감자구이	400엔
하시마키*	200엔
일식 뷔페	1,000엔
소프트아이스크림 2개	600엔
다코야키	500엔
미국식 핫도그	300엔
지에밥	400엔
어묵튀김	100엔
샌드위치	250엔
점심(아리타의 향토 요리 고두부 포함)	
	850엔
기타 노점 음식 등	900엔
내 선물	
가라츠 도자기 접시	2,500엔
아리타 도자기 작은 접시(2장)	
	1,400엔
유토쿠이나리 신사에서 수건	280엔
찹쌀엿	1,000엔
성(城)에 대한 책	400엔
합계	76,770엔

* 오코노미야키를 꼬치에 만 음식.

89

13
나가노현 _{長野県}

나가노 쪽에 가보려고 가이드북을 보다가 기소지木曾路라는 글자가 눈에 들어왔다.

"기소지는 이미 산속에 있다."

국어 수업 때 외운 시마자키 도손의 소설 『동트기 전』의 서두가 문득 떠올라, 내가 의외의 것을 기억한다는 사실을 새삼 깨달았다. 참고로 이 책은 지금도 다 읽지 않았다.

그래서 이번 달은 기소지로 가는 입구인 나가노현의 마고메馬込로 혼자 여행을 다녀왔다.

도쿄에서 신칸센으로 나고야까지 가서 열차를 갈아타고 나카츠가와中津川로 갔다. 이어서 버스로 마고메까지 총 3시간 반쯤 걸렸다.

가이드북을 읽어 기소지가 뭔지 대충 파악했다.

에도 시대, 에도와 교토를 잇는 나카센도라는 길 도중에 예순아홉 개의 역참이 있었는데 그중 열한 개 역참이 기소지라고 불리는 나가노현 산 중턱에 세워졌다고 한다. 기소지는 당시 역참 마을로 활기가 넘쳤고 지금도 넓적돌이 깔린 오래된 거리 풍경이 잘 보존되어 있다. 마고메는 시마자키 도손이 태어난 곳으로 소설의 무대가 된 장소이다. 『동트기 전』을 읽었다면 훨씬 더 감동했겠지.

마고메를 산책하는데 '藤村*'기념관이라는 건물이 보였다. 나는 순간, 농담이 아니라 이렇게 생각했다.

'후지무라가 누구지?'

시마자키 도손으로 유명한 거리에 와서 藤村를 '후지무라'라고 읽는 내 뇌란……. 지나친 후에야 깨닫고 당황해서 서둘러 입장했다. 그 도손 기념관에서 기분 좋은 발견이 있었다.

전시실에 도손 초기 출판물과 원고용지, 그리고 도손의 최초 소설도 있었다. 『선잠』이라는 책인데 출판사가 순요

---

* 藤村는 후지무라로도, 도손으로도 읽을 수 있다.

도였다.

순요도라면 내가 처음으로 책을 낸 출판사잖아. 시마자키 도손과 같은 출판사에서 데뷔했다는 이야기? 갑자기 내 미래가 반짝이는 것 같았다.

마고메 민박집을 미리 예약해두어서 시간에 신경 쓸 일 없이 해 질 녘까지 거리를 산책했다. 산으로 태양이 차츰차츰 가라앉기 시작하자, 밭일을 마친 사람들이 느긋하게 집으로 돌아갔다. 석양이 내리쬐는 주황색 돌길은 눈부실 정도였는데, 서서히 밤의 색으로 바뀌는 분위기가 정말 아름다웠다.

다음 날은 옛 여행객도 이용했다는 나카센도를 지나 이웃 마을인 츠마고^{妻籠}까지 걸었다. 가이드북에 따르면 거리 8.5킬로미터, 약 3시간이 걸린다고 한다.

'자연을 구경하며 느긋하게 걸어요'라고 적혀 있어서 가뿐하게 출발했는데, 12월 평일이어서 하이킹을 하는 사람은 나 혼자였다…….

초목이 무성한 산길에 혼자면 불안하다. 그래도 용기를 내 노력했으나, 4킬로미터쯤 간 지점에서 '무언가'를 발견하고 뛰어서 돌아왔다. 차도까지 와서 휴대폰으로 택시를 불러 결국 츠마고까지 택시로 갔다.

내가 산길에서 만난 '무언가'란, 나무에 걸린 네모나고 녹슨 캔 하나였다. 그 캔 아래에 이런 팻말이 있었다.

'지금부터 이 캔을 두드리며 걸어가세요.'

뭐~가~나~오~는~건~데…….

정체가 적혀 있지 않으니까 불길하다. 택시 운전사에게 물어보았다.

"곰은 아닐 테고 아마 멧돼지나 원숭이겠지요."

둘 다 산에서 만나기 싫다.

기소지는 이미 산속에 있다. 문호 시마자키 도손의 한 문장을 몸소 체험한 여행이었다.

추가: 이 여행을 다녀오고 1년쯤 지났을 무렵, 본가에서 옛날 앨범을 우연히 보다가 엄청난 사실을 발견했다. 이럴 수가, 나는 단기대학 시절에 스케치 여행으로 마고메에 간 적이 있었다! 게다가 세상에나 묵은 민박집도 같았다……. 나 혼자 여행으로 가고서도 전혀 몰랐다.

하긴, 학창 시절에 강의 때문에 간 곳은 다 이런 느낌인 것 같다. 친구와 떠드느라 경치 따위는 눈에 안 들어왔다. 지명도 파악하지 못했다. 버스에 태워져서 도착한 곳에서는 수다를 떠는 뭐 그런 느낌? 혼자 여행으로 마고메에

다녀오기를 잘했다고 새삼스럽게 생각했다. 참고로 2005
년에 마고메는 나가노현에서 기후현으로 바뀌었더라고
요…….

⑬ 나가노현

산에서 택시를 기다릴 때, 시선이 느껴져서 봤더니 원숭이 집단이.

꺄악!

여자나 어린이는 원숭이가 깔볼지도 몰라!

남자처럼 보이는 작전에 나선 나.

에헴.

남자처럼

안짱다리 걸음

왠지 허무하다….

이번 여행에서 쓴 돈

교통비	약 25,000엔
숙박비(1박 2식)	7,400엔
식비	
오야키*	100엔
사과 주스	150엔
포도 주스	310엔
상수리엿	300엔
구리킨톤**	1,260엔
전병	300엔
고헤이모치(꼬치에 꿰어 구운 떡)	250엔
100퍼센트 메밀국수	800엔
도손 기념관	500엔
마고메 와키혼진*** 자료관	
	200엔
내 선물	
민예품	300엔
끈 달린 세공품	240엔
메밀가루	520엔
합계	약 37,630엔

* 밀가루 반죽에 단호박, 무말랭이 등을 넣어 찌거나 구운 나가노현 향토 음식.
** 강낭콩과 고구마를 삶아 으깨고 밤을 넣은 과자.
*** 와키혼진은 가도 역참 중 신분 높은 사람이 묵었던 숙소의 보조 숙사.

14
가고시마현 _{鹿児島県}

이게 무슨 일이람? 혼자 여행이 점점 즐거워진다.

아오모리로 갔던 첫 여행 때는 재미있다거나 맛있다거나 아름답다는 감상을 아무와도 나누지 못해 쓸쓸하다고 생각했는데 지금은 혼자서도 쓸쓸하지 않다. 고독한 아줌마가 돼도 의외로 잘 견디는 힘이 있을지도?

자, 열네 번째 현은 가고시마다.

가이드북을 사서 넘겨보다가 해변에서 모래에 덮여 얼굴만 내민 모델의 사진을 발견했다.

'모래찜질'이구나.

아아, 내가 좋아하는 체험이잖아.

가고시마 공항에서 버스로 니시가고시마역까지 가서 전철로 1시간, '모래찜질'로 유명한 이부스키指宿로.

이부스키는 내해를 낀 가고시마 지형에서 왼쪽 끄트머리에 있는 지역이다. 이부스키역 근처 비즈니스호텔을 예약해두어서 먼저 짐을 맡기려고 들렀다. 예전엔 러브호텔이었는지, 더블베드의 머리맡 전등 밝기를 야시시한 느낌으로 조절할 수 있었다. 게다가 욕실의 씻는 공간이 욕조의 3배 정도 넓었다. 어쩌라는 건지⋯⋯.

아무튼, '모래찜질'을 체험하는 '모래찜질 회관 사라쿠'라는 시설로 갔다. 역에서 도보 20분쯤 걸렸고, 이른바 관광객 전용이었다.

먼저 접수처에서 요금을 내고 유카타로 갈아입었다. 유카타 아래는 알몸이다. 그 차림으로 바깥 해변으로 가면, 바다의 집* 같은 오두막이 세워져 있다.

"어서 와요, 이쪽이에요."

아저씨와 아주머니 직원이 나를 불러 모래 위에 누우라고 하더니 삽으로 모래를 덮어주는데, 덮이는 모래가 어찌나 무겁던지! 으아악, 놀랄 정도로 무거워서 순간 '죽는 거

---

* 해수욕을 위한 숙박시설 혹은 해수욕하는 손님을 위한 휴게소.

아니야?' 하고 불안해졌는데. 점차 그 무게가 쾌감으로 바뀌었다. 나중에 팸플릿을 읽으니 모래의 압력이 정맥과 내장을 압박해 혈액순환을 좋게 하는 효과가 있다고 한다.

몸을 덮은 모래도 뜨겁고 등쪽의 모래도 몹시 뜨거웠다. 대충 15분쯤 누워 있었는데 땀이 뻘뻘 났고, 이게 또 기분 좋았다. 이 고온이 몸에 좋다는데, 마음에 쏙 들어서 다음 날에도 갔다.

참고로 모래찜질 후에는 샤워로 지저분한 것을 씻고 평범한 온천에 들어간다. 모래찜질. 언젠가 또 하고 싶다.

다음에 이부스키에 또 올 때는 비즈니스호텔이 아니라 비싸도 관광용 호텔에 묵을 생각이다. 왜냐하면 이부스키 역 앞에는 혼자 저녁을 먹을 만한 가게가 없기 때문이다.

작은 술집이 드문드문 있을 뿐인데, 술과 어패류에 약한 내가 혼자 술집에 가서 시간을 때울 수 있을 리 없다. 결국 이부스키에서의 저녁 식사는 편의점에서 산 감자칩과 요구르트…… 규슈에 있으면서 홋카이도 분위기였다.

이튿째는 가고시마 시내로. 가고시마 출신인 친구가 알려줬다.

"덴몬칸天文館이 재미있어!"

덴몬칸? 무슨 관인가? 백화점? 머리를 굴렸는데, 아무래도 번화가나 지역 명칭 같았다. 오사카로 따지면 '아메리카 무라*' 같은?

직접 가보니 덴몬칸은 오사카 미나미**와 비슷했다. 긴 아케이드 상점가가 수없이 교차한 구조인데, 걷다보면 저 앞에 오사카 도톤보리가 보일 것 같았다. 청년들, 커플, 회식하고 돌아가는 사람, 뒷골목 일을 하는 것 같은 사람들로 북적였다.

명물 빙수인 '백곰'과 '흑돼지 샤부샤부', '어묵튀김' 등을 먹으며 혼자 신나게 즐겼다. 아아, 먹을 데를 고를 수 있다니 즐거워.

말은 이렇게 하지만 다시 돌이켜보면 실상은 조금 달랐다. 먹을 수 있는 가게는 분명 많았고 간식을 파는 가게에는 편하게 들어갔다. 그러나 저녁밥은 다른 문제다. 어제 저녁이 감자칩이었으니까 '가고시마 시내에서 맛있는 걸 먹어야 해' 하고 마음이 급했다. 그런데 이 가게는 좀 들어가기 어렵네, 여기도 긴장할 것 같아……라며 좀처럼 가게에 들어갈 엄두를 내지 못했다. '흑돼지 샤부샤부'를 혼자

---

* 　오사카 주오구의 상가. 미국풍 물건을 흔히 볼 수 있어서 이렇게 불린다.

** 　오사카 난바를 중심으로 한 번화가.

먹을 가게를 고르느라 2시간 가까이 덴몬칸을 배회했다. 가게가 차고 넘치게 많아도 결국 내가 선택할 수 있는 가게는 한정적이었다.

이케다호池田湖에 가보았다.

가이드북에는 규슈 최대의 칼데라호(이게 뭐지?)로, 몸길이가 2미터나 되는 큰 장어와 수수께끼의 생명체 잇시(네시 비슷한 것)로 유명하다고 적혀 있었다. 당연히 잇시는 못 만났지만 이케다호 보트 선착장에 살아 있는 큰 장어가 있어서 "진짜 크다~" 하고 감탄했다. 그러자 근처에 있던 아저씨가 "어디에서 오셨나?" 하고 물었다. "도쿄요"라고 대답하자 아저씨가 이렇게 말했다.

"혼자 안 쓸쓸하쇼?"

아저씨에게 나쁜 뜻은 없었을 것이다. 보인 대로 솔직하게 물었을 뿐이다. 그런데 왠지 내가 전면 부정당한 기분이 들어 당혹스러웠다.

시골에는 부모님과 여동생이 있고 도쿄에 돌아가면 친구도 있다. 나, 안 쓸쓸한데요? 속으로 중얼거렸다.

혼자 여행하는 여자가 쓸쓸해 보이지 않으려면 어떻게 해야 할까? 혼자 여행은 점점 안 쓸쓸하게 느껴지지만, 쓸쓸해 보이는 것에는 여전히 저항감이⋯⋯.

페리로 화산섬인 사쿠라지마^{桜島} 관광도 다녀왔는데, 마침 '사쿠라지마 방어 무조림 축제'라는 이벤트가 열려서 관광객과 동네 사람들로 붐볐다. 여기에서도 나는 노점에서 방어 무조림을 먹으며 내심 조바심이 났다.

'쓸쓸해 보이지 않으려면 어떻게 해야 할까?'

47개 도도부현을 제패할 무렵이면 이런 것에 동요하지 않을까?

가고시마 거리에서 보였던 사쿠라지마는 실제로 다소곳이 존재했다.

후지산이 의자에 앉은 작가 같은 산이라면, 사쿠라지마는 책상다리를 하고 앉은 옆집 아저씨 같은 산이었다. "저녁밥은 벌써 먹었수?" "내일은 몇 시에 돌아가시나?" "또 오시게나" 그렇게 말을 걸어주는 것 같았다.

"나중에 또 올게."

사쿠라지마에 약속한, 막 서른다섯 살이 된 나였다.

⑭ 가고시마현

UFO

유령

이케다 호수의
수수께끼
생명체
'잇시'

커다란 장어도 있는
이케다호니까.

다 없겠지만
혹시 있다면
'잇시'겠지.

크다

이번 여행에서 쓴 돈

교통비(하네다―가고시마 비행기 왕복 생일 할인)	
	20,200엔
현지 교통비	5,200엔
숙박비	
이부스키 1박	6,000엔
가고시마 시내 1박	7,900엔
식비	
생강 돼지고기 정식	600엔
특선 흑돼지·흑우 샤부샤부	4,500엔
사이고 맥주	500엔
어묵튀김	400엔
덴몬칸 '백곰' 빙수	420엔
점보떡	550엔
사쿠라지마 방어 무조림	1,000엔
짬뽕	600엔
자색고구마 아이스크림	300엔
기타	2,200엔
내 선물	
미니 귤 드레싱	400엔
사카모토양조 흑초	980엔
고구마 레이어 케이크	650엔
합계	52,400엔

15
아이치현 愛知県

　　도쿄에서 1박으로 갈 수 있는 여행지가 좋을 것 같아서 아이치현 가이드북을 샀다. 나고야는 여러 번 갔으니까 다른 곳에 가봐야지. 그러다가 '세토瀬戸'라는 지명을 발견했다.

　　만화 〈세토의 신부〉의 그 세토인가?

　　오오, 가보고 싶다~ 운이 좋으면 세토의 신부를 볼 수 있을지도. 친구에게 말했더니 기막혀했다.

　　"그 세토는 세토 내해*야."

~~~~~~~~~~~~~~~~~~~~

* 　일본의 혼슈, 규슈, 시코쿠에 둘러싸인 바다.

저기, 호텔 예약 벌써 해뒀는데……. 하지만 이것도 인연이니까 기운을 내서 아이치현의 세토에 다녀왔다.

나고야역에서 지하철과 메이테츠 세토선 등을 갈아타고 30~40분 만에 세토에 도착했다. 관광안내소에서 받은, 도무지 알아보기 힘든 지도에 의지해 세토 거리를 걷기 시작했다. 내년에 '아이치 박람회'가 열리는 것을 거리 여기저기 붙은 포스터로 알았다. 세토도 박람회장인지 역 앞은 대대적인 공사가 한창이었다.

아이치 박람회의 캐릭터인 키코로와 모리조를 처음에는 이상하다고 생각했는데, 자꾸 보니까 '어쩜 저렇게 귀엽지?'로 바뀌었다. 대체 누가 그렸을까? 또 얼마나 받았을까? 사실은 후자가 더 궁금하다.

세토라면 세토모노, 도자기가 유명하다.

하지만 나는 이미 안다. 미토의 가사마 도자기 때도, 오카야마의 비젠 도자기 때도, 사가의 아리타 도자기 때도 긴장해서 개인 가게에는 좀처럼 들어가지 못했다. 또 일단 들어가면 꼭 사야 한다는 흐름을 타고 사버린다는 것을 학습했다. 그래서 이번에는 '세토모노 플라자'라는 종합전시장과 공예관만 구경하고 도자기 쪽은 패스했다. 꽁무니를 빼는 나다.

저녁 먹을 가게를 찾기 두려워서 역 근처의 유니라는 대형 슈퍼에 들어갔다. 4층에 패밀리레스토랑이란 표시가 있어서 잘됐다 싶어 엘리베이터를 탔다. 올라갔더니 뻥 뚫린 공간에 스가키야와 맥도날드가 있을 뿐…….

스가키야는 나고야에 본점이 있는 라면 체인점이다. 고향 오사카에도 있어서 고교 시절에 자주 먹곤 했다. 오랜만에 먹었는데 추억도 한몫 거들어서 더 맛있었다. 그런데 먹다 보니 내가 주문한 파 라면이 아니라 고기 라면이었다.

어라? 이거 아닌데~라고 생각했지만 아무 말도 하지 못했다.

"지금 고기를 막 썰어서 맛있어요~"

라고 가게 아주머니가 아주 기분 좋게 말했으니까.

"우리 걸 먹으면 다른 지점의 라면은 못 먹을 거야."

이렇게도 말했다.

종업원이 자기 가게를 사랑하는 모습을 보면 역시 기분 좋다. 참고로 파 라면보다 고기 라면이 조금 저렴했다.

세토 거리는 도예 이외에 관광할 것은 특별히 없었지만 소규모 상점가나 오래된 민가가 귀여워서 느낌 좋은 동네였다.

이런 곳이라면 살 수 있을까?

매번 여행할 때마다 나는 그렇게 묻는다. 언젠가 도쿄에서 도망치고 싶어질 때를 위한 장소를 무의식적으로 찾는 것이라면 슬프네.

다음 날은 성하마을인 '이누야마 犬山'로. 이누야마성을 보러 갔다.

성 내부로 들어가기 귀찮아서 나는 늘 밖에서만 본다. 그래도 이누야마성은 작아서 올라가보았다. 위에서 보는 기소강 木曽川이 유독 아름다워서 가끔은 성에 들어가는 것도 괜찮겠다 싶었다.

"저 산은 이에야스랑 아무개랑 싸운 유명한 산인데~"

직원 아저씨가 역사에 어두운 내게 설명해주었다.

"아, 저게 그 산이군요!"

사람의 친절함에 필사적으로 응답하려는 나였다.

추가: 2005년에 개최된 '아이치 지구박람회'에는 엄마와 둘이서 다녀왔습니다.

⑮ 아이치현

쉬었다 가자.

별생각 없이 들어간 찻집

아, 나스비*의 사인.

흐릿해졌네~

요코오 다다노리**의 그림이랑 사인!!

왜지?

이번 여행에서 쓴 돈

교통비(도쿄 — 나고야 신칸센 왕복)	
	20,080엔
현지 교통비	2,420엔
숙박비(비즈니스호텔 1박)	7,000엔
식비	
스가키야 라면	370엔
빵	200엔
경단	70엔
푸딩 미츠마메***	980엔
된장 기시면	800엔
된장 고기꼬치	400엔
기타	900엔
이누야마 도덴관	
문화자료관	
가라쿠리 전시관	
이누야마성	
패키지 티켓	550엔
내 선물(도자기 인형)	200엔
합계	33,970엔

* 일본의 배우.
** 일본의 미술가이자 그래픽디자이너.
*** 삶은 완두콩, 경단, 과일 등을 그릇에 담아 꿀을 뿌린 후 푸딩을 얹은 디저트.

16
야마나시현 山梨県

야마나시에는 도원향이라는 곳이 있다고 한다.

복숭아꽃이 탐스럽게 피어 몹시 아름답다고.

마침 봄이니까 그쪽으로 가볼까?

그런 이유로 이사와온천石和温泉역 근처에 숙소를 예약했
는데, 막상 가보니 복숭아꽃 계절보다 일주일 정도 일러서
꽃이 하나도 안 피어 있었다. 나는 왜 미리 확인하질 않을
까……

그래도 이사와온천에서 예약한 숙소는 건강랜드. 온천
은 물론이고 사우나와 수영장, 마사지까지 이것저것 있다
고 해서 이번에는 건강랜드 중심의 여행을 다녀왔다.

건강랜드는 처음이었다. 입구에서 접수를 하고 화려한 실내복을 받았다. 얼른 갈아입고 온천으로 향했다. 참숯탕, 노천탕, 수영 전용탕 등등 혼자서 묵묵히 탕을 순회했다.

이건 야마나시가 아니어도 할 수 있을 듯한데⋯⋯.

건강랜드 안의 대형 홀에서는 아침부터 밤까지 누군가가 노래를 불렀다. 무대 옆에 있는 기계에 100엔을 넣으면 노래방 반주가 나왔다. 나는 홀이 마음에 들어 밥도 여기에서 혼자 먹었고, 탕과 탕을 돌아다니는 사이에도 계속 홀에 머물렀다.

화려한 무무*를 입은 아저씨와 아주머니가 열창하는 모습은 아무리 봐도 질리지 않았다. 잘 부르는 사람도 더러 있지만, 대부분 음정이 안 맞았다. 그런 것쯤 개의치 않고 다들 즐거워했다. 그런 모습을 계속 지켜봤더니 내 마음이 수증기처럼 둥실둥실 가벼워졌다.

'나도 좀 더 편하게 해도 괜찮지 않을까?'

다음 날에는 정해진 일정이 없었는데, 역 노선도를 보다가 '고부치자와 小淵沢'라는 역을 발견했다. 어디서 들어본 것 같아서 전철을 타고 가보았다. 이사와온천역에서 보통

---

* 통이 넓고 헐렁한 드레스처럼 생긴 하와이 전통 의상.

열차로 1시간. 고부치자와가 가까워지자 왼편 창에 아름다운 남알프스*의 풍경이 펼쳐졌다.

하이디의 산 같아!

일회용 카메라로 정신없이 사진을 찍는 나와 달리 동네 고등학생들은 만화에 몰두했다. 그들에게는 남알프스도 일상 풍경이다.

고부치자와역에 내렸는데 상상했던 만큼 활기는 없었다. 아니, 쓸쓸하고 수수했다. 그래도 한쪽은 남알프스, 반대쪽은 야츠가타케산이 있어 경치가 대단했다. 산이 꼭 합성 사진처럼 보였다.

자, 그럼 이제 뭘 하지?

무료 셔틀버스로 야츠가타케 아웃렛까지 갈 수 있어서 쇼핑이라도 하려고 버스를 탔다. 도중에 '하나파크 피오레 고부치자와'라는 꽃을 볼 수 있는 공원 앞을 지나기에 잘됐다 싶어 내렸다. 신선한 공기를 맡으며 아름다운 꽃이라도 보자! 그런데 개원 기간이 4월 중순부터 11월 초순, 3월인 지금은 닫혀 있었다. 개원도 안 했는데 와버렸네……. 다음 버스까지 시간이 한참 남아 곤란했다.

---

* 나가노현과 야마나시현, 시즈오카현에 걸친 아카이시산맥.

같은 부지의 곤충미술관은 문을 연 것 같아서 어쩔 수 없이 그쪽으로 갔다. 다양한 곤충이 전시되어서(그것도 어마어마한 수) 뭐랄까, 소름이 돋았다. 수많은 곤충이 자기들만의 형태를 갖추고 이 지구에 살고 있구나.

　내 마음을 꿰뚫어 본 것처럼 관내에 이런 문장이 적혀 있었다.

　'우리 인간은 지적 생명체라고 마음대로 자기를 평가하고 우월감을 느끼기 전에 그들(곤충)을 겸허하게 대해야 합니다.'

　이 글을 쓴 사람은 곤충을 정말 좋아하나 보군.

　야츠가타케 아웃렛에서 가게를 조금 둘러보고 점심을 먹었더니 만족스러웠다.

　돌아가는 열차는 그 옛날 형제 듀오인 카류도가 노래했던 '아즈사 2호'! 그랬다면 좋았겠지만 아쉽게도 '아즈사 26호'였다.

　신주쿠까지 가는 표를 샀는데 도중에 도쿄 다치카와立川 역에서 문득 마음이 내켜 내렸다. 다치카와에서 음식점을 경영하는 지인이 "다음에 놀러 오세요!"라고 말했던 것이 생각났기 때문이다.

　올해 들어 나 자신이 영 못마땅할 때가 많았는데, 그중 하나가 빈말을 할 때다.

"다음에 밥 같이 먹어요."

"다음에 그 책 읽어볼게요."

"다음에 그 영화 같이 봐요."

항상 말만 하고 행동하지 않는 내가 싫었다.

적절한 타이밍이 아니더라도 내가 먼저 "밥 한번 같이 먹어요"라고 말했다면 같이 밥을 먹자고 말하자. 시간이 안 맞으면 그건 어쩔 수 없지만. 추천해준 책이나 영화를 "볼게요!"라고 내가 말했다면 꼭 보자. 이렇게 생각을 바꾸었다.

이번에는 야마나시에서 돌아오는 길에 다치카와역의 지인 가게에 혼자 들렀다. 지인이 "와줘서 기뻐요"라며 반겨주었고, 맛있는 태국식 라면을 만들어줬다. 하나도 어렵지 않은 일인데 나는 여태 그걸 못 했다. 앞으로 조금씩 유연해지면 좋겠다고 바란 봄이었다.

추가: 여행을 다녀오고 4년이 지났으나 역시 유연해지지 않았다……. 사실은 유연해지고 싶지 않은 걸지도.

⑯ 야마나시현

건강랜드에서
접수를 마치면
실내복 무늬를
고른다.

화려 / 심플

어느 쪽으로
하시겠어요?

봤더니
사람들 대부분
화려한 쪽을
선택했다.

왠지
기운이
나네~

나도
화려한 쪽을
골랐다.

이번 여행에서 쓴 돈

숙박비(이사와 건강랜드 1박, 숙박만)

	4,935엔

건강랜드 안에서

때 밀기	3,150엔
발 마사지	3,990엔
태국식 마사지	3,150엔
생맥주	420엔
된장 라면	730엔
나폴리탄*	740엔

교통비

고속버스(신주쿠—이사와)	1,800엔
아즈사(고부치자와—신주쿠)	5,040엔
현지 교통비	약 1,500엔

식비

연어와 버섯 파스타	1,500엔
소프트아이스크림 (야츠가타케 아웃렛에서)	300엔
구로다마(화과자)	90엔
기타	약 500엔

합계	**약 27,845엔**

* 스파게티와 재료를 토마토케첩으로 볶은
일본식 파스타.

17
고치현 _{高知県}

고치현에 뭐가 있더라?

사전지식 하나 없이 여행대리점에 가서 저가 비즈니스 패키지를 예약했다.

하네다에서 고치 료마 공항으로. 다시 공항버스를 타고 고치 시내로 향했다.

버스에서 내렸는데 간판 하나에 시선이 닿았다.

'요코야마 류이치 기념만화관까지 동쪽으로 300미터'

요코야마 류이치, 전혀 몰라.

그래도 '요코야마 류이치 기념만화관'까지 있으니까 틀림없이 유명하겠지. 일단 화살표 방향으로 300미터를 가보왔다.

근대적이고 거대한 건물에 '요코야마 류이치 기념만화관'이 있었다. 요코야마 류이치는 「후쿠짱」이라는 만화를 그린 사람으로, 고치현 출신이라고 한다. 그림을 보니 알겠다. 정말 귀여웠다.

생애나 만화, 사진이 감각적으로 전시됐다. 다른 층에는 '만화 라이브러리'라고 다른 작가들의 작품도 진열해두어서 동네 아이들이 조용히 만화를 읽고 있었다.

'만화는 아주 유익하단다. 많이 읽으렴.'

이런 분위기여서 당황했다. 고치 시민은 이해심이 있구나 싶었다.

요즘 '나는 이대로 지명도도 높이지 못하고 끝날지도 몰라'라고 멍하니 생각할 때가 종종 있는데, 응원을 받은 것 같아서(착각임) 의욕이 생겼다. 내 만화도 고치 아이들이 읽어주면 좋겠다. '만화관'에 좀 보내볼까?

'만화란 말을 거는 그림이다.'

팸플릿에 적힌 요코야마 류이치의 말이다.

고치와 인연 있는 만화가의 비디오 코너가 있어서 사이바라 리에코의 버튼을 눌렀다. 음색이 낮아서 유독 섹시하게 들렸다.

다른 이야기인데, 내가 고치에 간다고 했더니 몇몇 사람들이 비슷한 말을 해주었다.

"하리마야다리를 보면 실망할 거야."

나는 관광명소인 '하리마야다리'의 존재를 몰랐으므로 기대도 안 했고 실망도 안 했다. 빨갛고 작은 동그란 다리였다.

고치현립 마키노식물원에 갔을 때의 일이다. 돌아오는 길에 택시 운전사가 말했다.

"바다 전망이 정말 아름다운 장소가 있어요."

요코나미 스카이라인이라는 해안도로를 따라 산까지 올라가면 경치가 아름답다는데, 가이드북에서 잘 다루지 않는 모양이다. 날이 흐려서 시야도 별로일 것 같아 내키지 않았다. 거절하지 못하고 "그럼 부탁드릴게요"라고 대답하고 말았다. 그러면 그렇지, 창밖으로 보이는 풍경은 구름이 껴서 흐릿했다.

"건너편이 아시즈리곶足摺岬이에요. 날이 밝았다면 보일 텐데……."

"날이 밝았다면 석양이 절경일 텐데……."

운전사의 '밝았다면 이론'에 열심히 귀를 기울였다.

산에는 국민숙사*가 있었다.

"노천탕에 당일 입욕할 수 있으니 다녀오세요. 여기에서 기다릴 테니까요."

별로 내키지 않았지만 그래도 한번 가보기로 했다. 택시를 기다리게 하며 온천을 즐기는 나는 대체 뭐람…….

"노천탕 좋았죠? 날이 밝았다면 아시즈리곶이 보였을 거예요. 오징어잡이 배가 있었다면 밝아서 예뻤을 거고요."

운전사가 또 그런 소리를 해서,

"아, 아쉽네요. 에헤헤."

하고 웃는 나. 바본가?

결국 해안가의 흐린 하늘 풍경을 봤을 뿐인데 택시에 12,000엔이나 썼다.

그래도 운전사 때문에 딱히 화가 나지는 않았다.

왜지?

고민해봤는데, 아마도 인품 때문일 것이다.

다양한 사람이 있다는 것을 전제하고 하는 말인데, 고치는 '사람' 느낌이 좋았다. 길을 물어볼 때나 가게에서 식사할 때나 토산품을 살 때도, 싹싹한데 집요하지 않고 친절하

---

* 자연공원이나 온천지 등에 세워진 저렴한 숙박시설 혹은 휴게시설.

지만 비굴하거나 건방진 느낌이 없었다. 지금까지 혼자 여행한 곳 중에서 고치현 사람들의 느낌이 제일 좋았다.

그건 그렇고 고치가 이렇게 넓을 줄 몰랐고, 너무 지쳤다. 사카모노 료마* 기념관과 고치성 등 사흘간 도보로 돌아다녔다. 특히 일요시장에서 많이 걸었다. 일요시장이란, 300년 전부터 이어진 가도 시장으로 1킬로미터 가까이에 노점이 쭉 선다. 유자차를 마시고 감자튀김을 먹으며 농산물과 분재, 골동품을 어슬렁어슬렁 구경하다 보니 얼마든지 걸을 수 있었다.

시만토강四万十川의 아름다운 풍경을 보려고 고치에서 열차를 타고 나카무라中村에도 갔는데, 말도 안 돼. 나카무라역에서 강의 절경 지점까지 대여한 자전거로 편도 40분! 여행을 마치고 돌아왔더니 내 허벅지는 딴딴해져 있었다.

---

* 일본 에도시대의 무사로 일본의 근대화를 이끈 인물.

⑰ 고치현

사카모토 료마 기념관에 가는데 폭우가 쏟아졌다.

비를 맞으며 갈 정도로 보고싶나?

아니, 그 정도는 아냐.

젖은 청바지를 공항 화장실의 손 말리는 기계로 말렸다.

← 장옷

헤헤.

어머나~, 아이디어가 좋네.

이번 여행에서 쓴 돈

교통비·숙박비	34,000엔
현지 교통비	24,740엔
자전거 대여	600엔
요코야마 류이치 기념만화관	400엔
마키노식물원	500엔
사카모토 료마 기념관	400엔
식비	
가다랑어다타키 정식	1,500엔
가다랑어다타키 정식·계란말이	1,800엔
간자시아메*	450엔
일요시장 감자튀김	110엔
유자차	100엔
가다랑어 주먹밥	300엔
샌드위치	150엔
가다랑어엿	315엔
마키노식물원 케이크 세트	620엔
도시락 런치와 팥죽	930엔
기타	2,100엔
내 선물	
마키노 도모타로 노트	399엔
책 『식물지식』	567엔
식물화 전시록	735엔
이오키 분사이 화집	1,575엔
파래	630엔
그림엽서	588엔
합계	73,509엔

* 마들렌처럼 생긴 명물 과자로 상자에 사탕을 같이 넣어준다.

18
가나가와현 <small>神奈川県</small>

어느 날 아침, 신문을 보다가 콘서트 광고를 발견했다.

핑크 레이디*였다.

미짱과 케이짱이 지금 막 "우~~~ 원티드"라고 노래하는 듯한 사진이 실렸다.

가볼까?

가나가와현은 아직 혼자 여행으로 다녀오지 않았으니까

~~~~~~~

*　1970년대 후반부터 활동한 여성 아이돌 듀오. 멤버 이름은 네모토 미츠요와 마스다 케이코.

딱 좋은데? 그런 이유로 이번 여행은 콘서트를 겸한 가나가와현이다.

핑크 레이디의 콘서트가 열리는 곳은 가나가와현에 있는 가와사키川崎다. 흠, 어떤 곳일까?

"가와사키는 뭐가 볼만해요?"

마침 업무 미팅으로 만난 거래처 사람이 우연히도 가와사키 출신이어서 물어보았다.

"정말 아무것도 없어요. 가와사키 다이시말고는."

가와사키 다이시川崎大師…… 어머, 처음 들어봐……. 느낌상 굉장히 유명한 곳 같아서 우선 거기에 가보기로 했다.

JR로 시부야에서 가와사키까지 가서 게이큐 다이시선으로 갈아타면 세 번째 역이 가와사키 다이시역이다. 도쿄와 근접한 현이어서 금방 도착했다.

역 바로 앞이 긴 참배길이어서 토산품 가게가 쭉 이어졌다. 점심을 먹으려고 오래되어 보이는 메밀국수 가게에 들어갔다.

튀김 메밀국수를 먹고 있는데, 건너편 자리에 할머니와 손녀 사이로 보이는 두 사람이 앉았다. 할머니는 여든 살 정도, 손녀는 20대 중반쯤일까?

"할머니, 뭐 드실래요?"

손녀가 할머니를 위해 메뉴를 하나하나 천천히 읽기 시작했다. 할머니는 고개를 끄덕이며 들었다. 나는 그 모습을 보고 갑자기 눈물이 차올라 메밀국수가 넘어가지 않았다. 요즘 들어 유난히 눈물샘이 약해져서 큰일이다.

가게를 나와 가와사키 다이시로 갔는데, 상상보다 훨씬 멋있는 절이었다. 아사쿠사처럼 화사했다.

콘서트는 밤부터여서 아직 시간이 있었다.

가이드북을 넘기다가 파바박 느낌이 오는 것을 발견했다. 도시바 과학관이다.

'50만 볼트 정전기로 머리카락을 세우는 체험 코너는 경험할 가치가 있다.'

이 설명에 끌린 것이다. '체험 코너'에 유난히 마음이 들썩인다. 갈 수밖에 없지, 정전기!

가와사키역에서 버스를 타고 도시바 과학관으로 향했다. 가족이나 학습 견학을 온 아이들 무리에 섞여 입장했다. "몇 분이세요?"라고 물어 "한 명이요"라고 대답하자, 접수처의 여성 직원이 '엥?' 하는 표정으로 내 얼굴을 빤히 쳐다보았다.

드디어 50만 볼트 정전기다. 기대하며 갔는데 하필 체험 시간이 끝난 참이었다. 안내하는 직원에게 "이제 못 하나요?"라고 묻자 그렇다는 대답이 돌아왔다. 아아, 이걸 위해서 비를 맞으며 여기까지 왔는데. 내가 너무 낙담하자 특별히 해주겠다고 했다. 도대체 날 어떤 사람이라고 생각했을까…….

전면이 유리인 방으로 들어갔다. 이어서 은색 철 공 같은 것에 손을 대라고 했고, 직원이 스위치 온. 내 긴 머리카락이 하늘을 향해 일제히 거꾸로 섰다. 앞에 거울이 있어서 내 모습을 볼 수 있었는데 정말 웃겼다. 게다가 내 모습을 보고 깔깔대는 아이들이 한 무리. 재미있으셨나요?

드디어 핑크 레이디다.

콘서트장 앞에는 사람이 정말 많았다. 관객의 연령층은 40대 전후로 여성 중심이지만 남성도 드문드문 있었다. 나는 평소 콘서트에 다니질 않아서 그 분위기에 압도됐다. 열기에 들떠 팸플릿을 사고, 자리에서 기다렸다. 서서 보는 사람도 많았다. 앞쪽에는 활동 당시 열정적인 팬들이었는지 머리띠를 두른 사람들도 보였다.

무대가 밝아지고 관객의 흥분이 절정에 달했을 때, 핑크 레이디가 마침내 등장했고 그 순간 나는 갑자기 울음이 터졌다.

왜지?

아마 드디어 만났다는 감격 때문이리라. 어려서 계속 동경했던 언니들. 실제로 보지 못할 줄 알았는데 이렇게 이십하고 수년의 시간을 넘어 꿈을 이루었다.

"다행이다."

어린 시절의 나에게 마음속으로 말을 건네자 눈물이 뚝뚝 쏟아졌다.

미짱과 케이짱은 마흔여섯 살 같지 않은 운동량을 보이며 대대적인 서비스로 콘서트를 이끌었다. 정말, 정말 사랑스러웠다.

그렇지만 그리운 히트곡을 불러서 모두가 흥분한 상황인데 그 후에 '사랑·GIRI·GIRI'나 'DO YOUR BEST' 같은 잘 모르는 곡을 부르는 바람에 분위기를 확 다운시켰다. 하지만 뭐, 스타란 손님의 기분만 살필 필요는 없다. 앙코르는 아예 모르는 영어 노래였는걸.

가와사키 다이시, 도시바 과학관, 핑크 레이디.

전혀 맥락 없는 가나가와현 혼자 여행이었다.

⑱ 가나가와현

핑크 레이디의
콘서트에 온 사람들

다들 즐겁게

춤을 췄는데

혼자 온 나는…

어어.

우리야

이번 여행에서 쓴 돈

교통비	1,480엔
식비	
튀김 메밀국수	1,450엔
전병	100엔
파스타 세트	1,380엔
기타	약 500엔
콘서트	6,800엔
팸플릿	2,000엔
발 마사지	약 2,500엔
내 선물	
민예품	1,500엔
오구라야의 갈분떡	370엔
합계	약 18,080엔

19
미야기현 宮城県

요즘 북쪽으로 여행을 안 갔네.

이런 생각이 들어서 미야기현에 다녀왔는데 이렇게 가까운 줄 몰랐다. 도쿄에서 신칸센으로 1시간 40분. 처음에는 신기했던 '하야테' 열차도 이젠 덤덤하다.

그건 그렇고 나는 북부의 상황을 잘 모른다. 센다이仙台라는 도시는 아는데 미야기현에 있을 줄이야…….

센다이역에 내린 시간이 마침 점심때. 가이드북을 보니 아무래도 '우설'이 명물인가 보다. 불길한 예감이 팍팍 꽂히지만 우설, 먹어보겠어!

곧바로 역 안의 '우설 골목'이라는 식당가로 갔다. 손님이 길게 줄을 선 가게가 두 곳 있어서 분위기를 밖에서 정찰했다. 하나는 가정적인 분위기, 다른 하나는 패밀리레스토랑처럼 화려한 분위기다. 망설일 것 없이 패밀리레스토랑 쪽을 선택해 15분쯤 기다려 '우설 정식'을 주문했다.

예감대로 무리였다. 이렇게 두툼한 우설, 도저히 무리였다……. 내가 아는 우설은 두께 2밀리미터 정도인데 센다이의 것은 5밀리미터는 됐다. 씹는 감촉도 질겨서 질긴 음식을 싫어하는 내게는 완전히 지옥이었다. 애초에 우설을 안 좋아한다. 만약을 위해 패밀리레스토랑 같은 가게를 골라 다행이라고 안심했다. 남겨도 눈에 안 띌 테니까……. 시간 여유가 없는 사람인 '척'을 하며 도망치듯 가게를 나왔다. 그럴 바엔 줄 서서 먹지 마!라고 다들 생각하겠지? 맛있게 먹는 사람들이 부럽다.

기분 전환을 하려고 '즌다'를 먹었다.

'즌다'란 풋콩을 으깨 설탕을 섞은 것으로, 그걸 떡에 넣은 '즌다떡'도 센다이 명물이다. 즌다떡, 즌다쉐이크, 즌다찹쌀떡. 다양하게 먹었는데 전부 맛있었다. 콩이나 채소나 쌀이나 빵. 나는 이런 여유로운 식재료에 안심한다. 두툼한 우설이나 해산물 덮밥이나 갯가재처럼 자기주장이 강한 것은 도저히…….

아무튼 미야기에는 '마츠시마 松島 해안'이라는 관광지가 있다고 한다. 일본 3대 절경 중 하나라나. 그렇다면 가봐야지. 참고로 '아키노 미야지마* 安芸の宮島',나 '아마노하시다테** 天橋立,'는 수학여행으로 다녀왔으니까 '마츠시마 해안'을 보면 일본 3대 절경은 제패다.

센다이에서 JR 센세키선을 타고 30분. 마츠시마 해안역에 도착했다. 과연 아름다웠다. 바다에 자그마한 섬이 여기저기 떠 있고, 빨갛고 긴 다리도 느낌이 좋았다. 한참 경치를 감상하고 사진도 찍었다. 무척 만족스러웠다.

센다이에서 하루 자고 다음 날은 이시노마키 石巻로.

만화가인 고 故 이시노모리 쇼타로의 박물관에 갔다.

"거기 꼭 가봐! 부럽다~"

만화를 좋아하는 지인이 하도 이야기를 해서 어디 한번 가보자는 심리였다. 「가면라이더」, 「사이보그 009」, 「이상한 그 아이 사루토비 엣짱」 등을 그린 유명한 작가로, 다른 작품도 많이 출판했다. 연재 당시에 얼마나 바빴을까.

"바쁘다, 바빠"라고 툭하면 입버릇처럼 말하는 사람이

---

*   히로시마만 남서부 이츠쿠시마섬을 부르는 다른 이름.

**   교토 미야즈시에 있는 제방 지형.

있는데, 나는 그런 사람을 보면 부끄럽지 않은지 의아하다. 이시노모리 쇼타로 같은 사람이 진짜 바쁜 사람 아닐까.

이 박물관은 어린이가 대상이었다. 버스투어로 온 할머니들도 있었는데 가면 라이더의 가면이 진열된 것을 보고 재미있을지 걱정이었다.

1박 일정이라 여유가 없어서 히로세강広瀬川도 센다이 성터도 다테 마사무네 동상도 못 봤다. 돌아오는 신칸센에서 이틀 묵을 것을 그랬다고 후회했다.

그러고 보니 지금 방송 중인 NHK의 아침 드라마 '덴카*'의 무대가 센다이였지. 나도 가끔 보는데 주인공 덴카(배역 이름)가 귀엽고 솔직하고 성실한 노력가이며 남자에게 일편단심에 아이를 좋아하고 아버지를 사랑하는 소녀다. 만약 덴카 같은 애가 고등학교 같은 반에 있었다면 좋아했겠지만, 졸업해서까지 만나기는 싫다. 그런 느낌.

---

* 2004년 3월부터 9월 말까지 방영.

⑲ 이야기편

이시노마키로 가는
JR 센세키선에
로보콘*호가
있었는데

우리는
로보콘!!

깜 짝깜

로보콘의
목소리로
방송한다.

우리는
이러쿵
저러쿵

우리는
어쩌고 저쩌고
어쩌고
저쩌고

안정이
안 되는데?

우리는
로보콘.

동네
사람들은
평온~

이번 여행에서 쓴 돈

교통비(도쿄 – 센다이 신칸센 왕복)	
	19,990엔
현지 교통비	2,640엔
숙박비(비즈니스호텔 1박)	7,665엔
식비	
우설 정식	1,360엔
생 도라야키	150엔
즌다떡	780엔
초밥 세트	1,785엔
즌다쉐이크	210엔
아스파라거스 카레	800엔
피자빵	190엔
즌다찹쌀떡	150엔
사사카마보코**(직접 구웠다)	150엔
기타	1,000엔
즈이간지(목조 사찰)	700엔
목각인형 그림 그리기	800엔
이시노모리 박물관	600엔
내 선물	
커스터드크림 화과자	787엔
고케시(전통인형)	1,050엔
민예품	2,100엔
엽서	130엔
합계	43,037엔

*   〈힘을 내 로보콘〉의 캐릭터.
** 조릿대 잎 모양의 어묵.

20
후쿠시마현 ^{福島県}

더워도 너무 더운 날이 이어져서 남쪽으로 여행 갈 마음이 들지 않았다.

그래서 후쿠시마현으로 결정. 늘 그렇듯 가이드북을 팔랑팔랑 넘기며 갈 곳을 고민하는 나. 아이즈와카마츠^{会津若松}? 아, 들어본 적 있어. 그럼 여기로 가자. 순식간에 여행지를 결정했다. 여행도 매달 하니까 크게 고민하지 않는다.

도쿄에서 신칸센으로 고오리야마^{郡山}까지 가서 환승해 아이즈와카마츠로.

역에 갔더니 곧 SL(증기기관차)이 도착한다고 했다. 잠시 후, 연기를 뭉게뭉게 뿜으며 SL이 들어왔다.

타보고 싶다. 하지만 주눅이 들어 탈 수 있는지 역무원에게 묻지 못하고 포기했다. 나는 혼자 여행하면서 그냥 물어봐도 될 일을 못 물어봐서 많은 것을 포기하는 느낌이다. 그래도 시간이 지나면 대체로 중요하지 않았다고 생각하게 되니까 무리해서 작은 용기를 내지 않아도 괜찮다.

새로운 마음으로 역에서 전동자전거를 빌려 거리를 관광하기로 했다. 기온 34도의 뙤약볕에 서른다섯 먹은 여자가 땀을 분출하며 자전거로 여기저기 다니는 모습, 조금 무섭지 않았을까. 후쿠시마도 엄청 더웠다.

옻칠이나 전통 초 가게를 구경하며 츠루가성鶴ヶ城으로 향했다.

성은 분위기 있게 각이 져서, 자동차로 말하면 도요타의 옛날 마크Ⅱ 같았다. 내부는 소규모 테마파크처럼 되어 있었다. 촬영을 할 수 있게 공주님 가발과 기모노를 놓은 코너도 있었는데, 역시 혼자라 도전하지 못했다. 청년 부대 백호대의 무덤이나 자료관이 있는 산 쪽에도 갔는데, 역사에 어둡고 자전거 대여 시간이 곧 끝나가서 본격적으로 관광하지 않았다.

근처에 있는 '사자에도さざえ堂'라는 사당에 들렀다. 소라 모양처럼 소용돌이치는 계단이 있는 사당이다. 아주 작은

건물인데 올라가는 사람과 내려오는 사람이 절대 만나지 않는 구조다. 이처럼 아주 가까이 있는데 좀처럼 마주치지 못해 결국 만나지 못하는 사람이 인생에도 있을 것이다.

밤에는 역 앞의 비즈니스호텔로.

아이즈와카마츠 바로 근처에 히가시야마온천東山温泉이 있어서 원래는 그곳에 느긋하게 머물며 문호가 된 양 편지라도 쓸 생각이었다.

그런데 여관 몇 군데에 전화했으나 거절당했다.

"혼자 오시는 분은 아무래도."

혼자 묵으면 수지가 안 맞나 보다. 아아, 잘 가요 문호 기분……

비즈니스호텔의 좁은 책상에서 업무상 신세를 진 분, 친구, 지인에게 편지를 썼다. 쓰려는 마음이 앞서 안 그래도 악필이 더 지저분해졌다. 그래도 편지를 다시 쓰긴 싫다. 다시 쓰면 생방송이 녹화방송이 된 기분이 드니까.

다른 이야기인데, 아이즈와카마츠역 근처의 슈퍼 빵집에서 토스트세트를 먹었다. 젊은 여성 종업원이 있었는데, 혼자 계산과 내부 테이블을 담당했다. 무의미한 움직임 없이 또랑또랑하게 일했다. 일단 시선이 가면 계속 보게 될 정도로 일이 빨랐다. 몹시 바빠 보였는데, 다른 직원이 끼어들면 흐름이 흐트러져서 오히려 방해되겠다고 생각하며 계속 관찰했다. 구워진 빵을 오븐에서 꺼내는 것도 그녀의 일이었다. 바지런함이 잘 어울리는 사람이었다.

다음 날은 집에 곧장 갈 생각이었는데, 아이즈와카마츠에서 고오리야마로 가는 도중의 반다이아타미磐梯熱海라는 역에서 내렸다.

광차를 타고 광산을 견학할 수 있다고 가이드북에 적혀 있었기 때문이다. 그런데 역에 아무런 광산 안내가 없었다. 고요했다. 불안했지만 일단 멈춰 있던 택시를 탔다.

"다카타마 광산으로 가주세요."

앞의 '다카'를 빼면 큰일일 광산으로 향했다.*

약 10분쯤 걸려 광산에 도착. 영업 중이었다. 트로트가 희미하게 들렸는데 영 초라했다. 자재 창고 같은 사무실에서 견학비를 내고 광차를 타러 갔더니, 그래도 열다섯 명쯤 손님이 있었다.

광차를 타고 700미터쯤 갱도를 지나는 동안, 금을 채굴하려고 판 긴 터널을 여러 개 볼 수 있었다. 역사가 400년 이상이며 1976년까지 금을 채굴했다고 한다. 안내해준 가

---

* 남자의 고환을 '타마'라고 한다.

이드 아저씨의 설명도 재미있어서 관광지로 충분히 인기 있을 만한 곳이다. 그런데 왠지 쓸쓸한 느낌이다.

가이드 아저씨가 말했다.

"일본의 3대 광산 중 하나인 멋진 광산이지만 유명해지질 못하네요. 여러분, 아는 사람들한테 광산 소문 좀 내주세요."

입소문 작전 말고 일단 역 앞에 간판이라도 걸라고요!

나도 모르게 한마디 하고 싶었다.

여행하다 보면 관광지의 광고력 차이를 느낀다.

사실은 별것 없는데 '가보고 싶네'라고 생각하게끔 홍보하는 곳도 있고 다카타마 광산처럼 홍보는 시시한데 가보면 의외로 재미있는 곳도 있다. 적절한 센스가 필요하다.

⑳ 후쿠시마현

이번 여행에서 쓴 돈

아이즈와카마츠역

저녁 먹을
가게를
못 고르겠다.

어쩜 좋담.

술집

술집은
좀
그렇고….

사티

슈퍼 '사티'를
발견해
도시락이라도
사서 호텔에서
먹기로….

아무리 그래도
여행 왔는데.

도시락에
반값 할인
스티커가 붙어
갑자기
허무해졌다.

역 앞에서
메밀국수를
먹었어요.

교통비(현지 교통비 포함)	21,000엔
자전거 대여	1,300엔
숙박비(비즈니스호텔 1박)	8,200엔
식비	
역 도시락	700엔
말차(츠루가성)	500엔
향토 과자	641엔
메밀국수	1,000엔
사과 주스	210엔
아침 식사	367엔
튀김 메밀국수	900엔
기타	1,600엔
노구치 히데요* 청춘관	100엔
츠루가성	500엔
사자에도(사당)	400엔
아이즈 무가 저택	850엔
온천	320엔
온천 당일 입욕	800엔
마사지 체어	200엔
다카타마 광산	900엔
내 선물	
민예품	600엔
옻칠 비녀	3,150엔
전통 초	1,365엔
합계	45,603엔

*　일본의 유명 세균학자. 천 엔 지폐 인물.

21
시즈오카현 静岡県

할머니가 돌아가시고 처음 맞는 오본이어서 고향 오사카에 갔다가 돌아오는 길에 시즈오카현의 하마마츠 浜松에 들르기로 했다.

지금까지 수없이 오사카와 도쿄를 신칸센으로 왕복했는데, 도중에 내리자고 생각한 건 처음이었다.

그나저나 하마마츠에 뭐가 있더라?

개찰구를 나서자 '하마나코 꽃박람회' 광고가 있었다. 꽃이라, 어떡할까?

저녁에 도착했으니까 일단 역에서 비즈니스호텔을 예약하고, 호텔 방에서 가이드북을 읽었다.

하마마츠역에서 버스로 갈 수 있는 당일 입욕 온천을 발견해서 아직 시간 여유가 있을 것 같아 가보기로 했다. 결론부터 말하면 온천욕은 못 했다. 역 앞에서 버스를 탔는데, 가이드북에는 20분이라고 적혀 있었지만 도로 사정 때문인지 40분⋯⋯. 내린 곳은 인적 없는 버스 차고였다. '버스 정류장에서 금방'이라는 설명과 달리 온천은 보이지 않았다. 전화로 문의하자 근처에 있긴 한 모양인데, 설명이 "거기에서 북쪽"이나 "남쪽이요" 같은 짐작도 안 가는 단서뿐이었다. 사막이 아니니까 이를테면 건물을 말해줘요⋯⋯.

"방향 말고 다른 건 뭐 없나요?"

물었더니 '방향도 몰라요?'라는 분위기여서 포기하고 돌아가기로 했다.

왕복 80분 낭비, 생소한 거리의 해 질 녘, 방향을 모르는 나, 울 것 같았다.

하마마츠역에 돌아오자 축 처졌다. 이미 밤이었다.

이럴 때는 달콤한 걸 먹고 기운을 차려야지!

가게를 찾다가 역 앞에서 껄렁해 보이는 사람들의 분쟁을 목격했다. 경찰 대여섯 명이 달려왔다. 무서워⋯⋯. 간신히 발견한 감미소*에 들어갔더니 "죄송해요, 곧 영업이 끝나요"라는 것이 아닌가.

아아, 이대로는 하마마츠의 이미지가 점점 나빠질 거야. 신칸센을 탈 때마다 원망할 거야. 이럴 때는 호텔에서 얌전히 자는 게 최고다.

다음 날은 하마나코 꽃박람회에 안 가고 시내 관광을 했다. 어제 일 때문에 유난히 소극적인 나. 하마마츠성을 견학하고서야 마음이 좀 풀렸다. 까맣고 자그마한 성이었다.

다음으로 하마마츠시 미술관에 갔는데, 소미야 이치넨이라는 사람의 전시회가 개최 중이었다. 1994년 101세에 세상을 떠난 화가로, 후쿠오카의 풍경을 많이 그린 사람이라고 한다. 고흐와 세잔을 합친 듯이 색감이 선명했다.

이치넨은 "내 그림 실력은 형편없지만 구름의 형태에 정답은 없다"라며 구름 그림을 많이 그렸다. 그 그림이 왠지 귀여웠다. 화랑에서 그림을 감상하는데, "다른 그림도 좋은데 후지산 그림만 팔려!"라고, 비디오의 이치넨 선생이 조금 화를 내는 것 같았다. 만년에는 녹내장으로 실명했는데 그 후에 쓴 '글씨'도 훌륭했다. 하마마츠에 와서 이치넨 선

---

* 일본식 디저트를 주로 파는 가게.

생을 만나서 다행이라고 생각했다.

이치넨 선생님, 고마워요.

점심은 호텔 오쿠라의 뷔페. 긴장하지 않고 여러 번 가져다 먹을 수 있었다.

'하마마츠시 악기박물관'도 예상 이상으로 볼만했으니까 이대로 기분 좋게 도쿄로 돌아가자!

하마마츠에서 신칸센 그린차*를 타고 도쿄로 돌아가기로 했다. 인생 최초의 그린차. 좌석이 넓어 다리를 뻗을 수 있어서 말 그대로 쾌적함 그 자체……였는데, 앞 좌석에 앉은 초등학생 남매가 자꾸만 신경 쓰였다.

남매는 차내 판매원인 아가씨를 편하게 불러 말했다.

"여기요, 과자 주세요."

등받이를 최대한 기울인 초등학생 뒤에서 빈부격차를 느끼는 서른다섯 살의 나. 모처럼 탄 그린차의 추억이 부잣집 아이들에게 짓밟힌 느낌이다.

---

* 일본 열차 중 보통석에 비해 넓고 시설이 좋아 별도의 요금을 받는 특별 차량.

㉑ 시즈오카현

호텔 오쿠라의
점심 뷔페에서
옆자리에
두 명의 여성이.

우물
우물

꽉
찼어!!

이제
배부르다!

케이크는
다른
배니까.

즐거워
보여~

마지막
으로
스파게티
한 번 더.

이번 여행에서 쓴 돈

숙박비(비즈니스호텔 1박)	7,200엔
교통비	
오사카 – 하마마츠(신칸센)	8,500엔
하마마츠 – 도쿄(신칸센)	11,560엔
현지 교통비	약 1,000엔
식비	
모스버거	620엔
호텔 오쿠라 점심 뷔페	2,000엔
간식	1,020엔
커피	300엔
카페오레	300엔
하마마츠성	150엔
하마마츠시 악기박물관	400엔
하마마츠시 미술관	600엔
발 마사지	2,500엔
합계	약 36,150엔

22
야마구치현 山口県

　　여유가 없어 분주할 때도 본가에는 가능하면 가려고 한다. 내 얼굴만 봐도 기뻐하는 사람이 있는 동안에는, 며칠 후에 좀 힘들더라도 노력하면 되니까 어려운 일도 아니다. 또 본가에서는 손 놓고 있어도 밥이 나오고 목욕물이 데워진다. 이불도 계속 펴 놓으니까 낮잠 자기에도 딱 좋다. 유일하게 자유롭지 못한 것은 텔레비전 채널권 정도여서 어쩔 수 없이 부모님 취향에 맞추는데 다른 건 불편하지 않다. 이번에도 지난달에 이어 오사카 본가에 간 김에 혼자 여행을 하기로 했다.

　　자, 올봄에 엄마와 둘이서 히로시마로 여행을 다녀왔는

데, 그때 우리는 열차에서 수다를 떠느라 히로시마의 미야지마구치宮島口라는 역에서 내려야 하는데 야마구치현의 이와쿠니岩国까지 가버렸다. 이와쿠니에서 내려 되돌아가려고 했을 때, 긴타이다리錦帯橋라는 관광지가 있는 걸 알고 나중에 혼자 여행갈 때 가려고 마음먹었다.

그래서 긴타이다리에 가보았다.

2004년 3월에 대대적인 수복 공사를 마친 참으로, 폭 5미터에 길이 193.3미터의 다섯 개 아치가 연결된 일본을 대표하는 목조다리다.

오사카에서 신칸센을 타고 히로시마까지 가서 재래선으로 갈아타 이와쿠니로. 이번에는 미야지마구치를 통과해도 괜찮다.

히로시마에서 이와쿠니로 가는 이 열차는 경치에 리듬감이 있었다. 창 너머로 보이는 거리와 산과 바다의 균형 잡힌 느낌이 딱 좋았다.

이와쿠니에는 가랑비가 내렸다. 역 앞에서 버스를 타고 긴타이다리로 갔는데, 그 버스 이름이 '시마 코사쿠 버스'였다. 만화가 히로카네 켄시*의 출신지가 이와쿠니여서 대

---

* 시마 코사쿠라는 주인공이 활약하는 「시마 과장」 시리즈로 유명한 만화가.

표 만화를 전면에 그린 버스를 운행했다. 안내 방송으로 히로카네 켄시의 프로필을 소개했다.

"~고단샤 ○○상을 수상했습니다. 버스 정차합니다."

이런 식의 방송이 나온다. 참고로 돌아올 때는 '오항 버스'를 탔다. 작가 우노 지요*의 출신지이기도 해서 다양한 버스가 다녔다.

긴타이다리는 형태가 대단히 아름다웠고 너무 길어서 사진에 다 담기 어려웠다. 건너봤는데, 다섯 개의 아치가 급경사여서 도중에 살짝 멀미가 나 쉬엄쉬엄 건넜다.

그대로 로프웨이 승차장까지 걸어갔다. 산 위에 이와쿠니성이 있으니 견학해야지…… 했는데 로프웨이는 태풍 때문에 운행 정지였다.

포기하고 '흰 뱀'을 보러 갔다. 이와쿠니에는 천연기념물인 흰 뱀이 있다나. 100엔을 내고 흰 뱀이 있다는, 이름도 흰 뱀 자체인 시로헤비신사에 들어갔다. 커다란 유리에 흰 뱀이 몇 마리 있었다.

'이거 진짜 진귀한 거야!'

속으로 나를 납득시키며 열심히 봤다.

~~~~~~~~~

* 일본의 다이쇼~헤이세이 시대에 걸쳐 활약한 여성 작가. '오항'은 작품 제목.

이제부터 뭐 할까?

가이드북을 보니 이와쿠니의 명물인 이와쿠니 초밥이 있다고 한다. 사진을 보니 누름초밥으로, 표고버섯과 계란 지단과 생선이 올라갔다. 기왕 왔으니까 먹어보려고 들어갈 만한 가게를 찾았는데, 어중간한 오후여서 영업 중인 가게를 못 찾았다. 한참 걷다가 잘 생각해보니 누름초밥을 별로 좋아하지 않으니까 괜찮다 싶어서 포기했다.

오늘 바로 도쿄로 돌아가야 해서 야마구치현 체재 시간은 약 4시간 정도. 시모노세키下関나 하기萩도 가보고 싶었는데……. 시간을 좀 여유롭게 잡을 걸 그랬다. 이게 다 본가에서 뒹굴며 긴 시간을 보낸 탓이다.

그러나 본가란 언젠가 사라진다. 돌아가고 싶어도 아무도 없는 날이 틀림없이 온다. 그렇게 생각하면 혼자 여행보다 본가에 있는 시간을 당연히 우선시하게 된다.

㉒ 야마구치현

흰 뱀을 봤다.

어머나 무서워

무섭네.

그때 아주머니 단체가 와서 무서워했다.

귀여워라!

귀엽다!

그래도 새끼 뱀 사진은 좋아했다.
(형태는 같은데)

아주머니들은 '아기'에 약하다.

흠

이번 여행에서 쓴 돈

교통비

오사카-이와쿠니(신칸센)	약 10,000엔
신이와쿠니-히로시마(신칸센)	
	1,570엔
히로시마-도쿄(신칸센)	18,350엔
현지 교통비	520엔

식비

간식	약 400엔
나폴리탄	700엔
긴타이다리 왕복	300엔
시로헤비신사	100엔
이와쿠니 미술관	800엔
합계	약 32,740엔

23
지바현 千葉県

　달력을 보다가 앞으로 하루면 10월이 끝난다는 것을 깨닫고 허둥지둥 혼자 여행에 나섰다. 혼자 여행을 한 달에 한 번 하기는 약간 벅차다. 시간이 없을 때를 위해 가까운 곳을 아껴뒀는데, 이번에 정말로 시간이 없어서 지바현으로 결정했다. 가이드북을 살펴보니 나리타 주변이 재미있을 것 같아서 가보기로 했다.

　도쿄역에서 소부 본선을 타고 1시간 조금. 먼저 나리타산 신쇼지成田山新勝寺로 향했다.

　참배길이 언덕이었는데, 길가 양쪽에 오래된 음식점과 토산품 가게가 있어서 즐거웠다. 얼마 전에 신문에서 대나

147

무 강판을 소개하는 기사를 읽으며 갖고 싶다고 생각했는데 강판을 잔뜩 팔고 있어서 하나 샀다.

부엌용품, 예를 들어 수세미나 수건이나 오토시부타* 등을 살 때면 내가 평소 정갈하게 생활하는 멋진 인간 같다고 착각한다. 자연주의 잡지의 인터뷰를 하는 느낌? 이랄까…….

나리타산 신쇼지는 배가 고파서 밥 생각만 하느라 기억이 흐리다. 그래도 깔끔한 절이었다.

중심 길에서 떨어진 곳에 '출세이나리 出世稲荷'라고 적힌 안내판이 있고, 화살표로 표시된 방향에 계단이 보였다. 나는 길고 긴 계단을 보고 오르기를 단념……. 그런데 계단을 힘없이 올라가기 시작하는 어른 네 명(아마도 가족)이 보였다. 출세하시면 좋겠어요……라고 생각하며 가족의 뒷모습을 지켜보았다.

나리타 공항에도 가보았다. 비행장 견학 라운지에서 비행기를 볼 수 있는데 무료다. 여러 가족이나 커플이 비행기의 착륙과 이륙을 구경했다. 문득 이런 센류가 떠올랐다.

점보 비행기에서는 내가 보이지 않아.

---

* 냄비에 쏙 들어가는 크기의 작은 뚜껑. 조림 등을 만들 때 덮는 용도.

12월 초에 신간이 두 권 출간되는데 서점의 수많은 서적 중 마스다 미리의 책 따위 아무도 안 찾으면 어쩌지. 출간 전에는 늘 불안하다.

지바현 혼자 여행의 마무리는 '항공과학 박물관'이었다. 어떤 곳일지 궁금해서 가보기로.

나리타에서 버스로 약 20분. 폐관 30분 전이어서 허둥지둥 들어갔다. 비행기 부품이나 모형을 봤지만 역시나 흥미가 생기지 않았다.

'비행기 시뮬레이션 체험, 300엔'

가상 체험 코너를 발견해 흥분했다. 그러나 꼬마를 데리고 온 젊은 부부가 기계 앞에 버티고 있었다. 옆에 혼자 서 있기 부끄러워서 조금 떨어진 곳에 있던 '가스터빈 엔진의 종류 1'이라는 기계의 설명을 읽으며 가족이 이동하기를 기다렸으나 그들은 질리지도 않고 계속 놀았다.

아아, 이럴 때를 위해서 어린이 로봇이 필요해.

"죄송해요, 저희 애도 좀 할 수 있을까요?"

인간과 똑같이 생긴 어린이 로봇을 이용해 자식이 있는 어른의 특권을 누리고 싶다.

아니지, 사고방식이 잘못됐다. 어린아이가 있는 부모가 얼마나 힘든데!

갈등하다가 드디어 시뮬레이션 체험 코너가 비어서 바쁘게 체험했는데, "곧 폐관 시간입니다"라는 방송이 나와 결국 느긋하게 즐기지 못했다. 으으, 아쉬워라. 어린이 로봇이 있다면 좋았을 텐데……라고 말하면,

"에이, 애 낳으면 되잖아. 왜 안 낳니?"

라고 누군가 한마디 할 것 같다. 이와 비슷하게 "왜 결혼 안 해?"라는 소리도 여전히 듣는데, 물어봐서 어쩌려고? 진심으로 궁금하다.

"까놓고 묻는데 왜 결혼 안 해?"라고 묻는 사람도 있는데 왜 까놓고 묻는 걸까요?

지바현 혼자 여행은 이렇게 허둥지둥 끝났다. 첩보 비행기의 고오오 소리만 희미하게 귀에 남았다.

㉓ 지바현

공항 라운지에
젊은 여성 한 명이

슬픈 눈으로
비행기를
바라봤다.

꼭 드라마
같다~

로맨틱해!

...

벤치에서
혼자
맥도날드
햄버거를
먹는 나.

이번 여행에서 쓴 돈

교통비	4,660엔
식비	
기시면 세트	840엔
맥도널드 햄버거 세트	472엔
항공과학 박물관	500엔
시뮬레이션 체험	300엔
내 선물	
대나무 강판	1,110엔
손수건	350엔
땅콩	250엔
합계	8,482엔

24
도치기현 栃木県

지난달에 이어 정신을 차리고 보니 11월도 끝 무렵이었다.

어떡해, 자꾸 근처만 여행 다니면 안 되는데! 자책하면서 결국 이번에도 가까운 도치기현에 가게 됐다……

도치기현이라면 닛코에 위치한 기누가와온천에 다녀온 적이 있으니까 이번에는 다른 곳에 가보기로 했다.

가이드북에 따르면, 도치기시는 제법 풍치가 있다고 한다. 좋아, 가보자. 우에노에서 보통열차를 타고 오야마 小山에서 갈아타 도치기역으로 향했다.

열차 옆자리에서 여고생 둘이 큰 소리로 떠들었다.

여고생 A: "하울의 움직이는 성 말이야, 노파가 됐다가 마지막에 소녀로 돌아오거든. 그런데 머리카락 색은 똑같다? 회색."

여고생 B: "엥, 미묘~"

이런 대화. 여고생 B의 '미묘~'가 재미있어서 나도 '미묘~'를 써보고 싶어졌다.

도치기역 앞에서 자전거를 대여해 거리를 돌아보았다. 4킬로미터가량 이어진 강변 산책로에서 보는 창고나 기와지붕이 어우러진 오래된 동네 풍경이 아름다웠다. 지루하면 바로 우츠노미야宇都宮로 이동할 생각이었는데 도치기역은 꽤 매력적이었다.

츠카다 역사전설관에는 인간처럼 움직이는 하이테크놀로지 로봇이 있었는데, 전시 구성은 학교 문화제처럼 조잡했다. 그런데 샤미센을 연주하는 아주머니 로봇은 너무 리얼해서 무서울 정도였다.

"산적이 맛있는 가게가 있어요."

매점 직원이 알려줘서 가보았다.

감칠맛과 단맛이 나는 까만 아부덴 된장으로 만든 산적이 맛있다는 가게였는데, 유서 깊은 곳 같았다. 가게가 관광객들로 가득했다. 할머니와 딸(60세 정도) 일행과 한 테이블에 앉았는데, 할머니가 "학생이유?" 하고 물어 멋쩍었다.

두 사람은 군마현에 사는데 이 산적을 좋아해서 일부러 먹으러 왔다고 한다. 새롭게 알았는데, 된장 산적은 내 입맛에 잘 안 맞았다. 달콤한 된장이 약간 미묘~하달까. 그래도 곤약 산적은 맛있어서 다 먹었다. 이 가게 산적은 제법 맛있었다.

가게를 나와 다시 자전거를 타고 거리를 돌아다니는데, 아까 그 할머니들이 차로 나를 지나치며 "잘 지내요!" 하고 손을 흔들어주었다.

건강하세요.

아마 다신 만날 일이 없겠지. 조금 애틋한 마음이 들었다.

도치기 거리를 뒤로하고, 전철로 우츠노미야로 가서 밤에는 '민민'이라는 가게에서 만두 2인분을 먹었다.

우츠노미야라면 만두라고 친구가 말했으나, 혼자 가게에 들어갈 수 있을까…… 싶어서 불안했다.

우츠노미야역의 관광안내소에서,

"혼자 갈 만한 만두 가게가 있을까요?"

라고 묻자, 역 안의 '민민'을 알려주었다. 소심한 나도 쉽게 들어갔다. 만두피 속에 채소와 고기의 '육즙'이 가득

해서 기가 막힌 맛이었다.

우츠노미야에서도 비즈니스호텔에서 숙박했다. 그런데 500엔을 더 내면 넓은 방을 쓸 수 있다고 해서 고민했는데 그만두었다. 500엔쯤이야 내도 상관없지만 직원의 말투가 싫었다. 사람의 마음은 아주 작은 것이 거슬려서 움직이지 않기도 한다. 아낀 500엔으로 슈퍼에서 도치기 명산품인 딸기를 사와서 목욕을 마치고 한 팩을 다 먹었다.

다음 날은 우츠노미야에서 버스를 타고 1시간 걸리는 마시코益子에 갔다. 도자기로 유명한 동네다. 다양한 형태와 색, 모양, 무늬의 그릇을 구경하는 것은 즐겁다.

'언젠가 멋진 삶을 살고 싶다.'

마치 신축 아파트의 전단을 바라보듯이 미래를 꿈꾸며 그릇을 보는 나. 멋진 그릇을 쓰는 멋진 삶이 찾아올까?

마시코 도자기에 그림 그리는 체험을 했는데, 하다 보니 재미있어서 작은 접시로 다섯 장이나 그렸다. 내 그림은 나중에 보면 흠만 보여서 좀 싫지만 그리는 도중에는 재미있어서 그만두질 못하겠다. 한 달 후에 배송이 된다는데 기대된다.

도치기현으로 떠난 혼자 여행. 정말 충실한 여행이었다.

도치기에서 우츠노미야, 마시코까지.

돌아오면서 들른 시모다테下館에서 판화가의 전시회를 관람했다. 마시코역에 놓인 전시회 전단을 보고 그림이 마음에 들어서 간 건데 실제로도 좋았다. 이노 노부야라는 90세 넘은 작가의 판화는 정적이고 묵직한 무게감이 있어 늠름하게 느껴졌다.

그러고 보니 이 도치기현은 혼자 여행을 간 스물네 번째 현이다. 47개 도도부현의 절반을 넘은 셈이다.

잠깐 계산 좀 해볼까, 지금까지 쓴 돈이…….

계산기를 두드리다가 귀찮아서 그만뒀다. 그런 건 끝날 때 해야지. 여행은 계속 이어진다.

㉔ 도치기현

오리온 골목 ☆

우츠노미야의
번화가를
밤에 돌아다녔다.

(8시쯤)

오리온
이라~

양아치
느낌

그런데 조금
위험해 보이는
남자들이
어슬렁거렸다.

술집
호객꾼 느낌

무서워서
얼른
호텔로
돌아왔는데

사사삭

누가 봐도
타깃이
아님

생각해보니
저런 사람들은
어린 여자를
노리겠네….

이번 여행에서 쓴 돈

숙박비(비즈니스호텔 1박)	7,150엔
교통비	5,610엔
자전거 대여	200엔
식비	
샌드위치·카페오레	600엔
곤약 산적	280엔
민민의 만두	440엔
딸기	680엔
두유	240엔
쿠키	380엔
차	140엔
기츠네 우동	693엔
커피	400엔
마들렌	200엔
된장 라면	500엔
츠카다 역사전설관	700엔
소설가 야마모토 유조 기념관	200엔
마시코 도자기 미술관	600엔
도자기 그림 그리기 체험 (작은 접시 5장·배송료)	4,410엔
시모다테 미술관	300엔
입욕제(호텔에서 사용)	100엔
내 선물	
엽서	100엔
마시코 도자기 판다	150엔
만두 열쇠고리	200엔
합계	24,273엔

25
후쿠오카현 ^{福岡県}

규슈 지역 여행은 다른 때보다 더 '여행' 기분이 난다. 시코쿠도 그렇고, 바다를 건너면 감정도 고조된다.

하네다 공항에서 후쿠오카로. 후쿠오카 공항에서 하카타博多역까지는 지하철로 금방이다. 도착하니 오후 3시였다. 호텔에 짐을 두고 하카타 거리를 산책하기로 했다. 생각했던 것보다 훨씬 대도시여서 도쿄와 비슷한 느낌이다.

지인이 곧 구단명이 바뀐다는 다이에 호크스*의 물품을

* 후쿠오카를 연고지로 한 프로야구 구단. 현재는 소프트뱅크 호크스.

사달라고 해서 먼저 후쿠오카 돔으로 갔다. 하카타역에서 지하철로 10분인 도진마치에서 내리자 사람이 매우 많았다. 모두 후쿠오카 돔으로 가는 것 같았다.

우아, 후쿠오카는 야구팬이 많나 보다.

감탄하며 밖으로 나오자 암표상 아저씨가 "콘서트 티켓 팝니다"라고 해서 야구가 아닌 것이 판명(야구 시즌이 아닌 걸 늦게도 깨닫는다).

킨키키즈의 콘서트가 있었다. 젊은 여성은 물론이고 중년 여성도 많았다. 기대감에 차서 행복한 표정인 집단과 어울려 후쿠오카 돔으로 갔다. 내 용건은 부탁받은 다이에 호크스다.

나는 팬이 된다는 감각이 극단적으로 적다. 없다고 해도 좋다. 좋아하는 가수(작가든 배우든)가 비난받았다고 진심으로 화내는 사람을 보면 '응? 아는 사람인가? 아니면 친척?' 하고 깜짝 놀란다. 내게는 그런 감각이 없어서 언제 봐도 신기하다. 나는 나와 직접적인 관계가 있는 것에만 몰입한다. 케이크나 발 마사지나…….

이야기가 여행에서 점점 멀어지네.

그건 그렇고 킨키키즈, 두 청년이 저만큼 사람을 모을 수 있다니 대단하다. 다이에 호크스 물품은 할인 중이라 저렴하게 살 수 있었다.

후쿠오카에서는 노점 라면을 먹어봐야 한다는 이야기가 생각나 나카스中洲로 향했다. 하지만 나 같은 사람은 애초에 노점에 들어가기 어렵다. 혹시나 하고 가봤는데, 역시 무리였다. 노점의 포렴을 걷어 올리고 들어가 라면을 먹는 나를 상상만 해도 다리가 굳는다. 가게 직원이나 처음 보는 옆자리 손님과 대화를 나눌 가능성이 있다고 생각만 해도 두렵다. 여행을 하며 누군가와 인연을 맺고 싶다는 감정은 전혀 생기지 않는다. 내성적인 혼자 여행이다.

그래도 최소한 하카타 라면은 먹어보려고 노점이 아닌 평범한 라면 가게에 들어갔다. 맛있게 먹었는데 자세히 보니 도쿄에도 있는 체인점이었다⋯⋯.

다음 날은 하카타에서 JR을 타고 1시간 반 걸리는 모지항門司港으로 향했다.

메이지 시대부터 국제 무역항으로 발전한 거리라는 가이드북의 설명대로 복고적인 동네였다. 마치 테마파크 같은 관광지였다.

항 쪽으로 갔더니 승선장에 '시모노세키까지 배로 5분'이라고 적혀 있었다.

어라, 그렇게 가깝다고?

시모노세키는 야마구치현 여행 때 못 가서 아쉬웠던 곳이다.

모처럼 왔으니까 가볼까?

편도 270엔의 요금을 내고 승선. 배는 무시무시한 속도로 달려 5분 만에 야마구치현에 도착했다. 시모노세키의 가라토시장唐戸市場을 빙 둘러보고 금방 돌아왔는데 왠지 기분이 묘했다. 어려서 지도에서 봤던 후쿠오카현과 야마구치현이 이렇게 가깝다니.

다시 모지항을 돌아다니는데, 무료 관광 셔틀버스가 있어서 참가했다. 작은 버스를 타고 1시간쯤 갔다. 가이드를 맡은 자원봉사 아주머니가 산을 안내해주었다.

"저기, 저쪽에 납작한 게 간류지마巖流島예요."

납작하다는 표현이 귀여웠다.

"나는 바다를 좋아해서 종종 혼자 벙히 보고 와요. 응? 벙히라는 말을 안 쓴다고? 그럼 뭐라고 하나, 고쿠라 사투리로는 벙히라고 하는데."

'멍하니'보다 벙히 쪽이 어떤 느낌인지 잘 전해지는 것 같기도.

2박을 하면 여행이 느긋해진다. 마지막 날에는 다자이후텐만구太宰府天満宮에. 하카타에서 전철로 30분이다.

신사 참배길에서 파는 '매화떡'을 먹었는데 맛있었다! 달지 않은 하얀 떡의 표면은 바싹 구웠고 안에는 통팥이. 매화떡인데 매실은 안 들었다. 따끈한 떡을 먹으며 걷는 행복이란. 아아, 이거야말로 나(나의 위장)와 직접 관계하는 기쁨이다.

후쿠오카 사람은 '붙임성이 좋다'라는 나 혼자만의 이미지가 있었는데 실제로 그렇진 않았다. 그렇다고 소심하지도 않았다. 필요 이상으로 애교를 부리지 않는 느낌이다. 특히 여성이 강해 보였다. 공항이나 관광안내소, 역에서 뭔가 물어볼 때도, 내가 어물거리면 '뭐야? 용건이 뭔데? 사람이 말을 똑바로 해야지' 하고, 말이 아닌 강렬한 광선을 찌리릿 받았다. 후쿠오카에 1년쯤 살면 나도 조금은 또랑또랑한 인간이 될까? 아아, 하지만 익숙해지기 전에 울며 돌아올 것 같아…….

여행하다 보면 내가 나고 자란 동네가 그리워진다. 성격 급한 사람들이 넘쳐나는 내가 사랑해야 할 고향 오사카. 그러나 지금 돌아갈 곳은 도쿄다.

㉕ 후쿠오카현

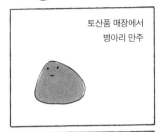

토산품 매장에서
병아리 만주

5배나 큰 버전을
팔았다.

나는 겉에 피를
좋아해서

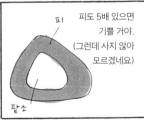

피

피도 5배 있으면
기쁠 거야.
(그런데 사지 않아
모르겠네요)

팥소

이번 여행에서 쓴 돈

비즈니스 패키지 (비행기·2박 3일 호텔 포함)	33,000엔
현지 교통비	약 5,000엔
식비	
하카타 라면	650엔
중화 런치(모지항)	2,100엔
코스 런치(다자이후)	2,800엔
무민 카페에서 케이크 세트	1,050엔
초밥 세 점 (시모노세키)	400엔
기타	2,847엔
후쿠오카 아시아 미술관	200엔
규슈 철도기념관	300엔
이데미츠 미술관	500엔
하카타 시내 온천	1,800엔
『엄마라는 여자』 (내 책을 우연히 발견해서)	560엔
『유리가면』	390엔
내 선물	
엽서	500엔
민예품	944엔
하카타 도로멘코*	2,000엔
바나나 떨이 판매 노래**CD	800엔
볶은 밀기울	525엔
다이에 호크스 손수건	300엔
합계	약 56,666엔

*   아이들이 가지고 노는 진흙딱지.

** 메이지 시대 이후, 모지항을 통해 바나나가
    수입되면서 상품 가치가 떨어진 바나나를
    싸게 판매했다. 이때 장사꾼이 부르던 독특
    한 리듬의 노래.

26
구마모토현 熊本県

　갑작스럽지만 이키나리* 경단이다.

　구마모토현에서 만난 '이키나리 경단'이 마음에 들어 구마모토에 머무르는 동안 열 개 이상 먹어 치웠다. 둥글게 썬 고구마와 팥소를 밀가루와 물로 반죽한 피로 싸서 찐 소박한 경단인데, 맛있어서 아주 홀딱 반했다.

　첫 만남은 여행 첫날. 구마모토 시내의 구마모토성에 갔을 때였다. 성 내부의 토산품 가게 앞에 '이키나리 경단'이라는 깃발이 세워져 있어서 별 생각 없이 하나 사서 따끈따

---

* '이키나리'가 '갑자기'라는 뜻.

끈할 때 먹었는데 정말 맛있었다. 곧바로 하나 더 그 자리에서 먹고, 구마모토성을 견학한 후에 하나 더 먹었다. 그후, 노면전차를 타고 스이젠지 조주엔*水前寺成趣園에 갔는데 입구에도 이키나리 경단 가게가 있어서 기다렸다는 듯이 하나 샀고, 야식용으로 두 개를 테이크아웃했다.

이키나리 경단의 포로다.

도쿄에 돌아와서도 그 맛을 잊지 못해 밀가루를 반죽해 직접 만들어봤는데, 피가 너무 두꺼워져서 별로였다……. 이키나리 경단은 도쿄에서 안 파나? 먹고 싶다. 이렇게 이키나리 경단만 생각하게 만든 여행이었다. 참고로 갑자기 찾아온 손님을 대접하기 위해서 만들었기 때문에 이키나리 경단이라고 한다.

저녁은 가이드북에 실린 '고무라사키 본점'이라는 구마모토 라면 가게로. 긴장했지만 긴장하지 않은 척 자리에 앉아 주문했다. 면이 가늘고 마늘이 담뿍 들어가 맛있었고, 게다가 가격도 저렴했다.

그 후, 시모토리 아케이드라는 번화가를 돌아보았는데, 네다섯 살 쯤 되어 보이는 남자아이와 함께인 가족이 있었

---

* 구마모토에 있는 아기자기하고 아름다운 공원.

165

다. 할아버지, 할머니와 젊은 부부. 사이좋게 걷고 있었다. 남자아이 혼자 성큼성큼 앞서갔다가 조금 멀어지면 뒤를 돌아보고 모두 있는지 확인하면 다시 성큼성큼 즐겁게 걸어갔다. 그때, 뒤에서 걷던 가족 전원이 남자아이를 놀리려고 가게 그늘에 휙 숨었다. 나는 그 모습을 흐뭇하게 지켜보았는데, 남자아이가 돌아봤을 때의 표정을 본 순간 가슴이 꽉 막혔다. 갑자기 외톨이가 된 것을 안 순간 그 아이의 표정. 인파 속에서 불안과 공포로 굳어졌다. 아무리 장난이라도 어른이 아이에게 저런 짓을 해선 안 된다고 생각했다. 가족이 가게 그늘에서 나오자 남자아이는 울며 화를 냈는데 어른들은 폭소했다.

숙박은 구마모토역 근처인 호텔 뉴오타니 구마모토. 이번에는 여행사의 비즈니스 패키지 중 조금 좋은 호텔을 골라서 아주 쾌적했다. 하루 종일 혼자서 모르는 거리를 돌아다니다가 밤에 돌아왔는데 호텔 서비스가 좋으면 마음이 놓인다. 3,000~4,000엔의 차이로 이렇게 기분이 좋아진다면 다음에도 호텔 등급을 조금 높여야지.

자, 구마모토 시내에서 일찌감치 성과 공원, 구마모토 라면 등을 제패했으니까 둘째 날에는 가이드북에 실린 '아마쿠사天草'에 갔다.

구마모토역에서 열차로 1시간쯤 걸리는 미스미三角역까지 가서 버스로 또 20분. '아마쿠사 시로 메모리얼 홀'에 도착했다. 교과서에 실린 시마바라의 난*을 영상과 그림으로 감상했다.

"명상 룸에서 쉬실 수 있어요."

담당 여직원의 말에 3층으로 가보니, 넓은 방에 쿠션이 드문드문 놓였고 푸른 조명과 장식품이 예술적인 분위기로 설치되어 있었다. 그런데 나 혼자라 긴장도 되고, 명상은 못 할 분위기라 금방 나왔다.

일본의 3대 소나무 섬이 센다이의 '마츠시마 해안'과 나가사키의 '구주쿠섬', 여기 아마쿠사의 '아마쿠사 마츠시마'라고 한다. 모처럼 왔으니 버스를 타고 아마쿠사 마츠시마를 창 너머로 구경했다.

이미 센다이에서 본 '마츠시마 해안'도 그랬듯이 바다에 여러 개의 작은 섬이 있는 경치는 공통적이다. 센다이의 '마츠시마 해안'이 풍경화라면 '아마쿠사 마츠시마'는 그림책 같았다. 그립고 친근하며 서글픈 느낌이다. 어느 쪽이

---

* 에도시대 초기인 1637년부터 1638년까지 규슈 서쪽의 시마바라 반도와 아마쿠사 제도의 주민들이 일으킨 반란.

좋은지 묻는다면, 아마쿠사라고 대답하리라. '구주쿠섬'도 나가사키에 가면 꼭 봐야지.

마지막 날은 새로 생긴 규슈 신칸센 '츠바메'를 타보기로 했다. 구마모토역에서 신야츠시로新八代까지 한 구간만 시승하겠다는 내 아이디어에 신나서 덩실거릴 뻔했다.

구마모토역에서 표를 사고, 플랫폼에서 카메라를 들고 '츠바메'를 기다리는데 눈 때문에 열차가 30분 늦어진다는 방송이 나왔다. 마침내 기다리고 기다리던 '츠바메'가 플랫폼에 도착했는데, 내가 기다리던 '츠바메'가 아니었다. 내가 기다린 츠바메는 하얀색인데 들어온 것은 까만색⋯⋯. 이름도 '릴레이 츠바메'로 앞에 '릴레이'가 붙었다. 가이드북을 보니 내가 타고 싶은 최신 '츠바메'는 신야츠시로역에서 가고시마로 향하는 신칸센이었다. 구마모토부터 신야츠시로까지는 아직 개통이 되지 않았다.

눈 영향도 있고 일찍 공항에 가고 싶어서 이번에는 까만색으로 만족하기로. 그래도 까만 츠바메를 타고 신야츠시로까지 갔더니 플랫폼에 하얀 실물 '츠바메'가 정차해 있어서 1분간 차내를 견학할 수 있었다. 화장실에 새끼줄을 거는 등의 재치 있는 감각이 재미있었다.

구마모토의 구로카와온천黒川温泉에도 묵고 싶었는데 혼

자라 또 거절당할까 봐 두려워서 전화도 안 했다. 온천은 좋아하는데 혼자면 묵기가 어렵다. 수지가 안 맞기 때문일까? 적절한 금액으로 묵을 수 있는 숙소를 찾지 못했다.

"2인 금액을 내면 묵으실 수 있어요."

이런 말도 들었지만 그건 좀. 하지만 이번에 이키나리 경단과 만났으니까 구마모토 여행은 대만족이다.

추가: 도쿄 백화점에서 열린 규슈 물산전에 갔다가 이키나리 경단을 판다는 걸 알았다. 인기가 대단해서 줄을 서야 살 수 있었다. 이키나리 경단은 잘 알려진 명물인가 보다.

나가사키에 가면 '구주쿠섬'을 꼭 보겠다고 써놓고서 그 후 까맣게 잊었다.

㉖ 구마모토현

세 번
정찰하고
간신히
라면
가게에
들어간 나.

이번 여행에서 쓴 돈

비즈니스 패키지	
(교통비·2박 3일 숙박비 포함)	32,800엔
현지 교통비	13,320엔
식비	
이키나리 경단 11개	900엔
구마모토 라면	500엔
한라봉	315엔
한라봉 주스	600엔
타이피엔*	735엔
기타	3,860엔
구마모토성	500엔
스이젠지 조주엔	400엔
아마쿠사 시로 메모리얼 홀	600엔
구마모토 현대미술관	1,000엔
공항에서 발 마사지	4,300엔
물품 보관함	300엔
내 선물	
겨자 넣은 연근	650엔
다카세 사탕	약 300엔
(가격을 까먹었다)	
갓절임	210엔
곳파떡**(아마쿠사)	500엔
이키나리 경단(구마모토역) 8개	800엔
스위스 쁘띠마롱 케이크	63엔
기타	1,200엔
합계	약 63,853엔

*   중국 푸젠성의 향토 요리로, 구마모토로 건
너와 새롭게 변형된 면 요리.

** 말린 고구마에 찹쌀과 백설탕을 넣은 음식.

27
나가사키현 長崎県

나가사키는 화창했다. 화창했는데 너무 추웠다. 규슈니까 따뜻하리라는 생각이 머리에 박혀서 가볍게 입고 왔는데, 나가사키도 평범한 겨울이었다.

이 계절에 나가사키에 온 이유는 지난번에 여행한 구마모토현에서 포스터를 봤기 때문이다.

나가사키 랜턴 페스티벌.

원래 중국 춘절 기간에 열리는 축제 같은데, 포스터는 나가사키의 밤거리를 랜턴(램프)이 환상적으로 밝힌 아름다운 사진이었다. 2월이라는 표기를 언뜻 봐서 기대하며 왔는데, 랜턴 페스티벌은 이미 끝나서 거리는 철거 작업 중이었다. 2월 23일에 끝난 축제를 26일에 보러 오면 어떡하니. 나는 도대체 왜 사전 조사를 못 할까…….

그래도 딱 하나는 미리 조사했다. 나가사키의 운젠온천雲仙温泉에 국민숙사가 있어서 전화했더니 혼자도 저렴하게 묵을 수 있다고 했다. 이번에는 온천도 가는 여행이다.

나가사키 시내에 도착한 시각이 오후 2시 전. 관광안내소의 '펭귄 수족관'이라는 광고에 흥미가 생겼다. 펭귄 무리가 헤엄치는 모습을 큰 수조(단면에서)로 볼 수 있단다.

대단해, 보고 싶다!

그러나 버스 승차장이 어딘지 몰라 30분쯤 헤매다가 단념했다. 아아, 펭귄, 지금도 아쉽다. 멀었지만 택시를 타고 갈 걸 그랬나.

차이나타운과 나가사키 원폭 자료관에 들른 뒤, 첫날은 비즈니스호텔에서 묵었다.

비즈니스호텔에서 항상 궁금한 것이 성인 채널이다. 평소 그런 영상물을 접하지 않으니까 괜히 보고 싶다. 하지만 서른여섯 먹은 여자가 혼자 여행 와서 성인 영상을 보고 나중에 별도 요금을 내다니 부끄러움을 넘어 무시무시해……. 절대 하지 말자.

아무튼 운젠에 왔다.

나가사키역에서 버스로 1시간 40분쯤 걸리는데, 거기까지 가는 길이 얼마나 아름답던지. 차에서 잘 생각이었는데, 그러기 아까울 정도로 아름다운 바다와 산 풍경이 이어졌다. 모래사장이 인상적인 지지와 해안을 보자 나도 모르게 탄식이 나왔다.

마음껏 온천욕을 하고 싶어서 점심때를 조금 지나 운젠의 숙소에 들어가 오로지 입욕과 뒹굴기를 반복했다. 유백색 탕은 황산 냄새가 강했는데 익숙해지니까 괜찮아서 황홀경에 빠졌다(나는 황산 온천에 들어가면 피부가 뒤집어진다는 것을 도쿄에 돌아와서 깨달았다⋯⋯).

아주머니 단체 손님이 많았는데 다들 욕탕에서 신나게 떠들었다. 알몸으로 떡 버티고 있는 모습이 당당해서 멋있었다. 아프리카 초원에서 코끼리가 목욕하는 느낌? 이런 풍경을 보면 나이를 먹는 것도 나쁘지 않다는 생각이 모락모락 든다. 아주머니 무리에 뒤섞여 아기 코끼리처럼 얌전히 있었다.

운젠에서 하룻밤 잔 후, 시마바라島原에도 들러서 시마바라성과 무가 저택도 관광했다. 물이 풍부하게 흐르는 고즈넉한 거리였다.

다른 이야기인데, 나가사키 원폭 자료관에서 즐겁게 수

다를 떠는 외국인 관광객 그룹을 봤다. 관내 전시물을 보면서가 아니라 자기들끼리 이야기를 하며 놀고 있다는 건 알겠는데,

"여긴 웃고 떠드는 곳이 아니니까 웃으면 안 돼요!"

어른스럽지 못하게 유치한 말로 혼을 낸 나. 그것도 일본어로……. 다들 의미를 몰라 명한 표정으로 나를 바라보았다. 나는 감정이 북받치면 금방 눈물이 흘러서, 화난 얼굴로 혼자 눈물을 글썽였다. 그냥 이상한 사람으로 여겼으리라.

그때 나는 왜 울 정도로 흥분했을까.

단순히 그들이 몰상식해서 화가 났을까? 원폭의 공포를 외국인이 교육받지 않은 현실에 화가 난 걸까? 괴로워하며 죽은 사람들을 떠올리며 슬펐을까? 나중에 곰곰이 생각해봐도 그때 내 기분을 잘 모르겠다.

이번 여행에서 쓴 돈

시마바라성

운젠에서 버스로 1시간쯤 걸리는 시마바라에 갔다.

'간자라시'라는 디저트가 있는데

먹 간 물 자 라 시

?

밀가루로 만든 작은 경단을 시럽에 적셔 먹는 음식.

경단이 많아서 먹기 바쁜데 맛있었다.

비즈니스 패키지
(2박 3일 숙박비·교통비 포함) 약 36,000엔
(주: 2박 요금인데 1박은 묵지 않고 운젠에 갔다.)

운젠 호텔(1박 2식 포함)	7,920엔
현지 교통비	5,610엔

식비

소슈린 쟁반우동	800엔
코코넛 경단	450엔
생선 찐만두	294엔
오란다 카스텔라(조각)	315엔
포장 음식	587엔
터키라이스* 도시락	610엔
주먹밥	231엔
비파 아이스크림	315엔
유 전병	50엔
오뎅	200엔
시마바라 명물 떡국	980엔
시마바라 명물 간자라시	300엔
기타	2,000엔
나가사키 원폭 자료관	200엔
시마바라성	520엔
혈압 측정	200엔
마사지 체어	400엔
입욕제	100엔
내 선물(소슈린 생선 찐만두)	3,000엔
합계	약 61,082엔

* 한 접시에 세 가지 반찬을 담는 나가사키 요리. 터키가 세 대륙에 걸쳐 있어서 붙은 이름.

2005년 3월 말일
3박 4일

28
야마가타현 山形県

혼자 여행, 이제 지쳤어. 이런 거 한다고 무슨 의미가 있지?

왠지 심기가 뒤틀려서 3월엔 여행은커녕 아무런 의욕도 생기지 않았다. 혼자 여행을 은퇴할 생각도 했는데, 지금껏 매달 빠트리지 않고 해왔다는 생각이 들어 31일 아침에 당일치기라도 좋으니까 야마가타현에 가려고 신칸센을 탔다.

신칸센의 통로 건너 옆 좌석에 초등학생 자매가 앉아 있었다. 엄마처럼 보이는 사람이 도쿄역 플랫폼까지 배웅해줬으니 아마도 둘이서 할아버지 할머니 댁에 가나 보다.

엄마에게 손을 흔든 뒤, 자매는 각자 만화책을 읽기 시작

176

했다. 그대로 야마가타현에 도착할 때까지 한시도 쉬지 않고 계속 읽었다. 어린 소녀들을 3시간이나 붙드는 만화를 그린 사람들이 부러웠다. 뭘 읽는지 궁금해서 봤더니「사이 좋은 러블리」와「차오」라는 만화 잡지였다.

야마가타에 도착해 시내를 어슬렁어슬렁 돌아다니며 옛 현청 등을 견학했다. 3시간이나 들여 도쿄에서 왔는데 당일치기는 아니다 싶어 결국 야마가타역과 연결된 호텔에 묵기로 했다.

다음 날, 호텔의 스테이크 하우스에서 야마가타 소고기 스테이크를 점심으로 먹고 돌아갈 생각이었는데, 고기를 먹었더니 조금 기운이 났다.

그러고 보니 긴잔온천銀山温泉에도 가보고 싶었지. 딱 한 군데만 전화해서 혼자도 묵을 수 있다고 하면 가자.

그렇게 생각하고 노포 여관에 전화했는데 응대도 친절했고 예약도 가능해서 기분이 좋았다.

야마가타역에서 신칸센으로 30분쯤 걸리는 오이시다大石田역에 여관 셔틀버스가 있어서 편하게 긴잔온천에 도착했다.

야마가타 시내에는 없었는데, 오이시다에도 긴잔온천에도 새하얀 눈이 소복이 쌓여 있었다.

긴잔온천은 목조 여관들이 강을 끼고 이어진 풍정 있는 산속의 오래된 온천 거리다. 상상보다 규모는 작고 토산품 가게도 많지 않았다. 그래서 오히려 조용하고 한적했다.

저녁 먹을 때까지 시간이 남아 공공 족탕에서 몸을 데우며 강에서 낚시하는 아이들을 보고 있자니, 도쿄에서 바싹바싹 말랐던 감정도 촉촉해졌다.

그때 휴대폰이 울려서 받았더니 출판사 직원이었다. 지금 새로 작업하는 책 원고에 대해 "군더더기 없이 멋지고 좋으니까 이대로 진행해주세요"라며 칭찬하더니 어디가 어떻게 좋은지 세세하게 감상을 말해주었다. 신뢰할 수 있는 사람과 일하면 항상 내가 가진 것 이상의 힘이 나온다.

"지금 야마가타에서 족탕에 발을 담그고 있어요."

그렇게 말하자 출판사 직원이 웃었다.

서서히 기분이 나아진 나는 다음 날 긴잔온천을 뒤로하고 오이시다에서 신칸센을 타고 신조新庄로 가서, 거기서부터 모가미강最上川을 끼고 달리는 열차를 타고 야마가타현을 동해 쪽으로 횡단했다. 창 너머로 보는 모가미강은 아름다웠다. 이어서 작가 후지사와 슈헤이의 고향이라는 츠루오카鶴岡로. 역 앞 워싱턴 호텔에서 1박을 하고 봄의 동해를 보려고 니가타를 거쳐 도쿄로 돌아왔다.

긴 동해 연안을 달리는 열차는 여러 터널을 지나며 마라톤 선수처럼 일편단심 도쿄를 향해 달렸다. 창의 비좁은 틈으로 바다 냄새가 들어왔는데, 평소 그리 좋아하지 않던 그 냄새도 기분 좋았다.

여행은 뭐든 배우라고 종용하지 않고 그저 내 앞에 놓여 있을 뿐이다. 내 마음과 사뿐사뿐 대화할 자유시간이다.

당일치기라도 좋다, 될 대로 되라고 떠난 야마가타 여행이었는데 일단 떠났더니 3박이나 했다.

혼자 여행, 기운 나네.

야마가타는 여성들 분위기도 좋아서 마음에 들었다.

정말 고마워요.

28 야마가타현

야마가타에서
오이시다로 가는
신칸센에서

도쿄
에서요.

어디에서
왔어요?

옆 사람과
잠깐
대화를
나눴다.

피부가
좋으세요.

피부가 좋아서
감동했다.

"촉촉한 야마가타
기후 덕분일까요?"
하고 웃었다.

아름다우셨다~

이번 여행에서 쓴 돈

교통비	24,740엔
숙박비	
야마가타 1박	11,550엔
긴잔온천 1박	13,800엔
츠루오카 1박	7,300엔
식비	
케이크 세트	860엔
풋콩 떡	1,050엔
풋콩 쿠키	315엔
다다코마메*	1,140엔
카레 우동 세트	980엔
야마가타 소고기 스테이크 런치	2,887엔
밀크 케이크	400엔
보리면 세트(츠루오카)	950엔
포장 음식	836엔
헤기메밀국수**(니가타역)	808엔
홍차	635엔
기타	1,350엔
치도 박물관(츠루오카)	700엔
아마존 민족관(츠루오카)	500엔
기타 잡비	2,000엔
책	735엔
내 선물	
냉동 다다차	840엔
오란다 전병	682엔
전통 초(츠루오카)	600엔
민예품	520엔
고케시 포크(야마가타)	263엔
합계	76,441엔

*   풋콩을 얼려 건조한 것.
** 헤기라고 불리는 커다란 삼나무 판에 담아
     나오는 메밀국수.

29
군마현 ^{群馬県}

　　사이타마에 출장 갔다가 돌아오는 길에 군마에서 하루 묵었다. 다카사키^{高崎}역 근처 대형 호텔을 예약하려고 인터넷으로 검색했다가 괜찮은 방을 할인하는 행사가 있어서 곧바로 결정했다. 여행 초기에는 저렴하고 낡은 비즈니스호텔이라도 좋았고 오히려 자극적이었는데, 이젠 안락한 호텔이 좋다.

　　저녁에 도착해서 다카사키역 주변을 간단히 산책하고, 적당한 음식을 포장해와 호텔에서 텔레비전을 보며 먹었다. 요즘 들어 가게를 찾거나 뭐가 뭔지 모르는 곳에서 긴장하며 먹는 것이 점점 꺼려진다. 여행지에서 뭘 먹든 내 자유야~라고 변명하지만, 한편으로 '정말 이래도 괜찮니?' 라는 생각도 든다.

나는 원래 보수적인 인간이다.

"단골로 가는 가게에서 자꾸만 친구가 늘지 뭐야!"

이런 개방적인 생활 스타일은 절대 상상도 못 한다. 모르는 손님끼리 수다라니 상상만 해도 부담스러워……. 부럽지 않아.

다양한 사람과 만나 인맥을 넓히고 자신을 발전시킬 기회를 잡는다. 나도 마음먹으면 할 수 있을까? 왠지 수명이 줄어들 것 같다. 기회와 수명이라면 역시 수명이 중요하다.

앗, 군마현과 관계없는 이야기만 늘어놨네요!

다음 날은, '쇼린잔 다루마지少林山達磨寺'라는 절이 있다고 해서 가봤다. 다카사키역에서 시영버스를 타고 20분쯤 걸렸다. 입구를 지나자 길고 경사가 무시무시한 계단이 버티고 있었다. 쉬엄쉬엄 올라가는 동안 여러 명이 나를 추월했다.

다루마(달마)지라는 본당 주변에 이름답게 달마 인형을 꾸며 놓아 경치를 보는 재미가 있었다.

소원이 이뤄져서 두 눈에 까만 동그라미를 그린 달마가

모셔졌는데, 한쪽 눈만 까만 달마도 있었다.*

살다 보면 달성 못 하는 일도 있죠!

모르는 사람의 마음에 응원을 보내며 내 상황과 겹쳐보기도 했다.

이번에 다카사키에 온 가장 큰 목적은 '야마다 가마치 수채 디자인미술관'에 가는 것이다. 17세에 사고로 죽은 전설적인 소년 야마다 가마치. 짧은 생애 동안 많은 시와 그림을 남긴 천재라고 칭송받는다. 이름은 들어봤으나 자세히는 몰라서 작품에 기대가 컸다.

전시된 야마다 가마치의 시와 그림은 젊은이다운 마음의 절규였다. 자유로워지고 싶고 강해지고 싶다는. 내 성격상 크게 감동할 줄 알았는데, 오히려 남의 일기를 훔쳐보거나 내 일기를 남에게 읽히는 기분이었다.

군마현은 이 정도로 하고 돌아가자.

도쿄로 출발한 내 머릿속에 스치는 기억이 있었다.

작년, 도치기현에 혼자 여행을 갔을 때, 산적 가게에서 동석한 아주머니들이 열정적으로 설명했었다.

~~~~~~~~~~

* 눈을 칠하지 않은 달마를 사서 기도를 올린 후 왼쪽 눈을 까맣게 칠하고 소원이 이루어지면 남은 눈도 칠하는 풍습이 있다.

"군마현 다테바야시館林의 철쭉이 정말 아름답다오."

나는 그냥 예의상,

"그럼 꼭 가볼게요!"

라고 대답했는데, 진짜로 가고 싶어졌다.

모르는 손님끼리 가게에서 대화하기 싫다고 했으면서 작년 도치기 여행에서는 처음 만난 아주머니들과 수다를 떨었다. 적당히 붙임성 있게 굴자는 마음이었는데, 그 아주머니들과의 약속을 지키려고 다테바야시로 향했다.

다카사키에서 료모선을 타고 이세사키伊勢崎까지 가서 환승해 다테바야시로. 츠츠지가오카 공원에 철쭉이 아름답게 피었다. 사람이 많아 느긋하게 보진 못했지만 아주머니들과 약속을 지켰다고 생각하니 철쭉은 아무래도 좋았다.

이렇게 왔어요. 거짓말 안 했어요.

야마다 가마치의 영향 탓일까, 내 마음이 알 수 없는 열기를 띠었다.

㉙ 군마현

야마다 가마치 수채 디자인 미술관을 나오자 불안해졌다.

내가 죽으면 미발표 작품은 어떻게 될까?

내가 교정 안 본 걸 누가 읽는 건 싫어!!

히익

(읽고 싶은 사람이 있는지가 문제입니다만….)

내 건 버려주면 좋겠다.

이번 여행에서 쓴 돈

숙박비(1박)	11,000엔
교통비	7,780엔
식비	
돈가스 정식	1,260엔
케이크 세트	980엔
포장 음식	400엔
차	140엔
고구마말랭이	500엔
빵	420엔
다테바야시 우동	650엔
쑥 경단	250엔
야마다 가마치 미술관	500엔
물품 보관함	600엔
내 선물	
가마치 엽서	400엔
달마 책	600엔
합계	25,480엔

30
니가타현 新潟県

사정이 여의치 않아 당일치기로 니가타에 다녀왔다. 느긋하게 다녀오고 싶은 곳이었는데 조금 아쉬웠다. 심지어 도쿄에서 신칸센을 탄 시각이 점심때. 기차 안에서 가이드북을 읽으며 '시간을 효율적으로 쓰는 여행을 해야지!'라고 생각했는데 잠들어서 예비 지식 하나 없이 니가타에 도착했다. 과연 여행이라고 부를 만한 하루가 될지 걱정이었다.

시간상 시내 관광만 가능하다고 판단해 우선 니가타역에서 도보로 10분 거리에 있는 반다이다리萬代橋를 보러갔다. 시나노강信濃川의 이 긴 다리는 국가의 중요 문화재인 듯하다. 차량이 쌩쌩 달리는 크고 훌륭한 다리였다. 5분쯤 서서 강과 다릿목을 구경했다.

자, 다음엔 어딜 가볼까?

관광안내소에서 받은 지도를 보니, 역시 중요 문화재인 '니가타현정 기념관'이라는 니가타현 의회 구 의사당을 볼 수 있다고 해서 갔는데 보수 공사 중이라 휴관이었다.

그럼 다음은 뭘 한담? 다시 지도를 보는데, '미즈시마 신지 만화 거리'라는 글자를 발견했다. 어떤 만화를 그린 사람인지 모르지만 만화 거리가 있을 정도이니 틀림없이 유명할 테지. 가보자.

지도를 손에 들고 우왕좌왕하는데 자전거를 탄 아저씨가 나를 걱정스럽게 지켜보았다. 내게 길을 가르쳐주고 싶은가 보다 생각했는데 역시나 말을 걸었다.

"그래, 어딜 가려고?"

"만화 거리에 가고 싶은데요."

내가 말하자 아저씨가 고개를 갸우뚱했다.

혹시 별로 안 유명한 곳인가?

불안해졌는데 아저씨가 갑자기 반색하며 웃었다.

"아아, 만화 거리라고 하니까 어딘지 몰랐네. 미즈시마 씨지? 미즈시마 씨."

아저씨가 너무 기뻐해서 기대에 부응하려고,

"맞아요, 미즈시마 씨! 거길 가려고 일부러 도쿄에서 왔어요!"

라고 말을 맞추는 나. 아저씨는 더욱 기뻐했다. 아저씨는 나를 도중까지 안내해주었는데, 미즈시마 신지가 이 지역 자랑거리인 듯했다. "얼마 전에도 미즈시마 씨, 야구를 하러 왔었어"라고 말했다. 야구? 야구 만화가야? 「터치」를 그린 사람? 골목을 돌자 정체를 알았다.

「야구짱 도카벤」이다!

나는 읽어보지 않았지만 등장인물은 대충 안다. 입에 잎사귀 같은 걸 문 사람이나 도카벤의 인간 크기 동상이 상점가 길가에 잔뜩 세워져 있었다. 인기 캐릭터의 사진을 찍고 만족했다.

후루마치古町라는 번화가에서 사사 경단을 샀다. 조릿대 잎에 싼 작은 경단이 끈으로 몇 겹이나 묶여 있었다. 먹으며 걸을 생각이었는데 경단 전부가 연달아 끈으로 묶여 있어서 가위로 자르지 않고는 하나만 꺼낼 수 없었다. 상점가에 서서 우물쭈물했다. 고전한 끝에 간신히 조릿대 잎 하나를 벗겼다. 쑥 향이 강하고 안에 팥소가 들어서 굉장히 맛있었다.

그럼 이만 돌아갈까?

그렇게 생각하다가 이번 기회에 도전을 하나 해보기로 했다.

혼자 초밥집(회전하지 않는 곳)에 들어갈 것이다.

소심한 내가 왜 이런 생각을 했는가 하면, 얼마 전에 친구와 문화센터에서 '초밥 먹는 법'이라는 일일 강좌를 들었기 때문이다.

이렇게 말하면 꼭 바보 취급하는 사람이 있다.

"초밥은 그냥 내키는 대로 먹으면 돼."

뭐, 그건 그렇지만요. 그래도 배워도 되잖아요?

나는 니가타역 근처 초밥집의 포렴을 젖히고 들어가 혼자 카운터에 앉아 곡창 니가타의 초밥을 먹었다. 당연히 긴장했지만, 내 방식이 틀리지 않았다는 여유로움을 느꼈다.

"잘 먹었습니다."

가뿐하게 가게를 나와 니가타 여행을 마쳤다.

㉚ 니가타-현

이번 여행에서 쓴 돈

교통비	20,380엔
버스	180엔
식비	
사사 경단	400엔
차	600엔
초밥	3,500엔
기타	840엔
민예품	315엔
합계	26,215엔

반다이다리의 풍경을
즐기는 중에

네.

휴대폰이 울렸다.

늘
감사
합니다.

아.

업무 전화

마감
괜찮
아요.

네.

국가 중요
문화재
위에서
전화를 받는 줄
상대방은
모르겠지.

31
교토부 京都府

　오랜 세월 궁금했다.

　저 호텔, 대체 어떤 곳일까?

　JR 교토역과 연결된 잿빛의 네모난 호텔. 플랫폼을 한눈에 볼 수 있는 저 호텔에 머물며 방의 창에서 열차의 발차를 보고 싶다고, 예전부터 생각했었다.

　전화해보니 싱글룸은 없는 모양이다. 혼잔데 결국 트윈룸을 예약했다. 일반적인 비즈니스호텔에 묵는 것보다 훨씬 비쌌다.

　또 새로운 난제가. 플랫폼이 보이는 방과 보이지 않는 방이 있는데 보이는 쪽의 숙박비가 비싸다고 했다. 원래 교토 여행은 오사카 본가에 묵으면 그만이라 숙박비가 안 든다. 가장 저렴한 방이 2만 엔인데 어쩌지, 본가에 묵을까.

에잇, 호텔에 묵자. 궁금하단 말이야, 묵어도 괜찮지 않겠어?

"방에서 플랫폼을 보는 게 기대돼요!"

전화로 말하자 호텔 직원도 웃음기 어린 목소리로 예약을 잡아주었다.

당일, 신칸센을 타고 교토로.

수년 전에 새로 지어진 교토역을 두고 "교토답지 않아!"라는 의견도 있는 듯한데, 내가 보기에는 잘 어울린다. 위압적인 태도가 교토 자체다. 디자인도 웅장해서 좋다.

체크인을 하고 방으로 안내받아 기대하며 문을 열자 창 너머로 플랫폼을 한눈에 볼…… 수 없었다. 착오가 생겨서 플랫폼 쪽이 아닌 방이었다. 이럴 수가! 안내해준 젊은 여성 직원이 프런트에 확인해주었는데 바로는 방을 확보하지 못한다고 했다. 30분쯤 기다려 플랫폼 쪽 방으로 이동했다.

대기하는 30분 동안 나는 시종일관 생글거렸다. 안내해준 여성의 태도에 마음이 누그러진 덕분이다. 그 사람은 내가 따분하지 않도록 여러 화제를 꺼내 말을 걸어주었다. 느낌 좋은 사람이었다. 이런 사소한 배려 덕분에 다른 이의 실수가 상쇄된다. 호텔 윗선에 이런 것이 전해질까? 그 사람, 제대로 평가받았으면 좋겠다.

호텔 방에서 내려다본 플랫폼은 꿈결처럼 몽환적인 풍경이었다. 늦은 밤에 도착한 하얗고 길쭉한 신칸센은 지친 바다뱀처럼 슬퍼 보였다. 이런 풍경을 볼 수 있어서 만족스러웠다.

다음 날은 10엔 동전의 디자인이기도 한 우지宇治의 뵤도인平等院으로 향했다. 초등학교 소풍 이후 처음이다. 흰 모래가 깔린 무지무지 큰 건물이라고 기억했는데, 지금 보니 연못 안에 고즈넉이 자리한 분위기였다. 아이 때 기억은 모호하다.

지갑에서 10엔 동전을 꺼내 실물과 비교했다. 초등학생 때도 여기에서 같은 행동을 했다. 소풍 안내서에 '10엔 동전'이 준비물로 적혀 있었는데, 나는 소풍에 돈을 가져가는 것 때문에 긴장했다. 떨어뜨리지 않도록 지갑에 10엔 동전 하나만 넣고 배낭 주머니에 소중히 넣고 갔었다.

그때는 10엔 동전 하나가 그토록 무거웠다. 돈이 뭔가 무서웠다. 지금도 가끔은 무섭다.

그나저나 최근 이사를 했는데 부동산 중개인에게 보증

금을 눈 뜨고 도둑맞은 나······.

정말 좋은 사람이었는데 돈 문제는 별개인가 보다. 돈은 무섭다. 울며 단념하지 않을 방법을 지금 모색 중이다.

뵤도인 관광을 마친 뒤, JR 우지역에서 오바쿠^{黃檗}역으로. 만푸쿠지라는 절에 갔다. 열차로 금방이다. 중국 선종의 전통을 계승했다는 동양적인 절인데, 교토에서 이런 절을 보는 것도 좋았다. 너무 더워서 느긋하게 보지 못했으니까 언젠가 계절 좋을 때 한 번 더 가고 싶다.

추가: 호텔 가격은 2005년 6월 시점입니다.

㉛ 교토부

깜박했다.

교토의

여름이

얼마나 더운지를!

이번 여행에서 쓴 돈

교통비	약 28,000엔
숙박비 1박	20,000엔
식비	
일본식 중국냉면	800엔
말차 뉴멘*	630엔
말차 디저트	700엔
기타	800엔
만푸쿠지	500엔
뵤도인	600엔
내 선물	
민예품	1,060엔
운중공양보살 트럼프(뵤도인)	900엔
합계	약 53,990엔

*　간장이나 된장 국물에 실국수를 삶은 것.

32
효고현 兵庫県

　　이사를 했는데 부동산 중개인이 보증금을 속이려
고 했다. 항의하는 편지를 한 통 보냈더니 금방 추가로 10
만 엔이 돌아왔다. 빠르네. 누가 봐도 계산이 수상했겠지.
매달 혼자 여행하느라 돈도 많이 드는데 내 돈을 지킬 수
있어서 기뻤다.

　　친구 몇 명과 히로시마현에 여행을 가게 되어 나만 먼저
히메지姬路에서 1박을 하고 합류하기로 했다. 효고현 혼자
여행이다.

　　도쿄역에서 신칸센을 타고 히메지에 오후쯤 도착했다.
이번 여행의 메인은 일본 최초로 세계문화유산에 등록됐

196

다는 히메지성 관광이다. 워낙 유명한 성 아닌가.

히메지역에서 곧장 성으로 향했다. 걸어서 15분 정도였다. 성까지 아케이드 상점가가 이어져서 15분도 금방이었다. 아케이드를 빠져나오자 여름 뙤약볕 아래에 하얗고 커다란 성이 반짝였다.

히메지성. 우아했다. 천수각은 맨발 금지여서 슬리퍼로 갈아 신었다. 처음에는 내부가 어둑어둑했는데 눈이 익숙해지자 편안하게 잘 보였다. 태양광을 활용한 자연적인 조명 덕분에 당시 성 분위기를 느낄 수 있었다.

외관도 아름다운 성인데 내부의 정숙한 분위기도 좋다. 마음에 드는 성이어서 경건한 마음으로 구경하는데 딱 하나 마음에 걸리는 것이······. 툭하면 울리는 안내 방송이다.

"손님 여러분께 안내 방송 드립니다. 현재 우산을 보관하고 있습니다."

이런 방송이 나오더니 또 잠시 후.

"손님 여러분께 안내 방송 드립니다. 현재 마스크를 보관하고 있습니다."

뭐? 마스크라니, 그냥 평범한 마스크? 이러다간 손수건 한 장까지도 방송하겠다. 세계문화유산이고 외국에서 온 관광객도 많으니까 귀중품 이외에는 굳이 방송하지 않아도 될 텐데……. 히메지성에 가면 물건을 잃어버리지 않게 다들 조심하기를 바랍니다.

성 정원에 '오키쿠 우물お菊井戶'이 있었는데, "한 장, 두 장" 접시 세는 유령 전설로 유명한 '반슈 사라야시키*'의 그 오키쿠의 우물이다.

혼자 여행을 시작하고서 고향에 '성'이 있는 사람이 부러워졌다. 장 보고 돌아갈 때나 통근, 통학할 때 성이 보인다. 매일 당연하게 성을 보며 생활하는 사람들. 성 근처에 사는 사람으로서 우연히 관광객들의 카메라에 찍히고, 그 사진이 먼 외국까지 퍼진다. 왠지 재밌네. 후지산도 그렇고, 아름답고 웅장한 것이 일상에 존재하는 점이 부럽다.

성 관광을 마치고 근처 현립 역사박물관과 히메지시립 동물원에도 갔다.

역에서 받은 지도에 '노코기리**골목'이라는 곳을 보고 궁금해서 가보았다. 언뜻 보면 주택이 이어지는 평범한 골목인데, 자세히 보니 골목이 톱날처럼 들쭉날쭉한 형태였다. 그 옛날, 적습을 대비해 이렇게 설계했다고 한다.

---

* 사라야시키는, 귀한 접시를 잃어버린 누명을 쓴 오키쿠라는 유령이 우물 안에서 "접시 한 장, 두 장, 아홉 장, 한 장이 모자라네"라고 한탄하는 괴담이다.

** 노코기리는 톱이라는 뜻.

오호라~

관광도 했고 배도 고파서 상점가를 걷는데, 청과점 2층에 카페 프루트 팔러가 있어서 망설이지 않고 들어갔다. 프루트 팔러를 좋아해서 도쿄에서도 종종 혼자 먹으러 간다. 보통 과일 샌드위치를 먹는다.

내가 좋아하는 과일 샌드위치 맛이면 좋겠다. 매번 기대감을 품고 주문한다. 나는 감귤계 과일보다 달콤한 과일을 좋아해서 바나나나 감, 복숭아나 망고가 들어간 것이 좋다. 키위나 오렌지가 들어가면 시큼해서 별로다.

히메지에서 들어간 프루트 팔러의 메뉴에 멜론 샌드위치가 있어서, '앗, 먹고 싶다!'라고 생각했는데, 멜론을 고르면 뭐랄까 부자로 보이고 싶은 사람처럼 여겨질까 봐 부끄러워서 그만뒀다(나 진짜 번거로운 인간이다⋯⋯). 그래도 일반 샌드위치도 꽤 맛있었다.

밤에는 백화점 식품매장에서 음식을 포장해와 호텔에서 텔레비전을 보며 먹는, 내가 좋아하는 패턴을 선택했다.

효고현으로 서른두 번째 현. 나머지 15개 현으로 혼자 여행은 끝난다.

㉜ 효고현

효고현립 역사박물관에 갔다.

단게 겐조*가 설계해서
외관이 쿨하다.

멋있다~

그런데 관내
티룸의 이름이
….

박 물 관

이번 여행에서 쓴 돈

교통비 (도쿄―히메지 신칸센 왕복, 현지 교통비)	
	약 30,000엔
숙박비	7,900엔
식비	
두유 라테(과자 세트)	450엔
검은콩이 들어간 갈분떡	178엔
홍차(과자 세트)	320엔
과일 샌드위치	820엔
아침	530엔
포장 음식	1,000엔
기타	1,200엔
히메지성	600엔
역사박물관	200엔
퀵 마사지	1,890엔
잡비(FAX 비용 등)	700엔
내 선물(히메지 가죽 공예 지갑)	1,680엔
합계	약 47,468엔

* 일본의 전통적인 감성과 서구의 모더니즘
을 조화롭게 결합시켜 현대 일본 건축의 기
초를 확립한 건축가.

33
나라현 奈良県

내 홈페이지를 본다는 지인이 고개를 갸우뚱했다.

"왜 아마존이야?"

야마가타현 여행 기록의 행선지에 아마존 민족관이 있어서 신기했나 보다. 가이드북의 츠루오카시鶴岡市 안내에 아마존 민족관이 실려 있어서 궁금했을 뿐인데요…….

"츠루오카라면 후지사와 슈헤이 소설의 무대를 봐야지!"

이런 잔소리를 들었지만 이상하게도 나는 아마존을 보고 싶은 기분이었다. 아마존 민족관에는 츠루오카 출신인 문화인류학자 야마구치 요시히코가 수집한 아마존 관련 자료가 풍부해서 재미있었는데, 아무래도 내 여행 감각이 조금 특이한지도 모르겠다.

이번 나라현 여행도 '감각이 좀 이상한가?'라고 생각하면서 야마토고리야마大和郡山에 다녀왔다.

큰 불상이나 호류지法隆寺나 아스카산飛鳥山. 나라라고 하면 떠오르는 관광지는 많지만, 가이드북의 야마토고리야마 페이지에 실린 '금붕어' 키워드에 삐리릿 부르심을 받았다.

반응한 첫 번째 이유는 욕심이다.

'금붕어 그림이 있는 귀여운 토산품을 팔지도?'

고리야마는 금붕어 양식으로 유명해서 매년 여름에 전국 금붕어 잡기 대회까지 열린다고 한다. 이번에는 귀성 중이던 본가 오사카에서 당일치기로 고리야마에 다녀왔는데, 우리 아버지와 엄마가 각종 금붕어 정보를 알려주었다.

그 중 하나, 텔레비전에서 금붕어 잡는 로봇을 소개했다는데, 고리야마의 금붕어 잡기 대회에도 출전했다고.

"금붕어 잡는 로봇은 힘 빠진 금붕어를 찾아서 잡는대."

엄마의 말인데 진실인지는 모르겠다. 어쩌면 이번 여행에서 로봇과 만날지도? 작은 기대를 품고 고리야마로 향했다.

교토에서 긴테츠 열차를 타고 45분, 고리야마에 도착했다. 우선 고리야마의 문화를 알 수 있는 자료관, 하코모토관箱本館 곤야紺屋에 갔다.

고리야마가 금붕어로 유명해진 이유는, 에도시대에 야나기사와 요시사토*(누군데?)가 고후甲府에서 고리야마로 올 때, 가신 중 금붕어 사육이 취미인 사람이 있어서 금붕어 양식이 차츰차츰 번사들의 부업이 됐다고. 호오.

토막 상식을 배운 김에 고리야마 성도 견학하자!

씩씩하게 성을 향해 걸어갔으나 비 때문에 인적이 드물어 도중에 단념했다. 사람 없는 곳에 가지 말라는 가훈을 지키는 성실한 딸이다.

그럼 메인 이벤트인 금붕어다.

금붕어 자료관이 있어서 택시를 타고 가보았다. 점점 강해진 빗속에서 금붕어 자료관에 도착.

생각했던 거랑 다르네…….

내 이미지는 박물관 같은 곳이었는데 그곳은 금붕어 도매를 하는 가게였다. 가게 한쪽에 금붕어 수조를 쭉 늘어놓은 서비스 코너가 있었는데 그게 자료관인가 보다. 보기 드문 금붕어가 많고 설명서도 있어서 재미있었는데, 뭐랄까

---

* 야마토고리야마의 초대 번주.

나는 확실히 그곳에 어울리지 않았다.

열렬한 금붕어 팬들이 금붕어를 사러 온 곳에 이상한 여자 관광객이 혼자 낀 느낌……

빨리 떠나고 싶었지만 택시를 타고 와놓고 금방 가는 것도 이상하잖아? 이 한결 같은 자의식 과잉 때문에 최대한 열정적으로 금붕어를 구경하는 나. 그래도 뭐, 금붕어는 귀여웠는걸.

시내에 금붕어 물품을 파는 가게가 있어서 원하는 것을 샀다. 손수건과 인형. 금붕어 잡는 로봇은 못 봤는데 어딜 가야 만날 수 있지? 애초에 고리야마엔 없는지도 모른다.

언젠가 보고 싶다. 금붕어를 조심스럽게 잡는 로봇. 굉장히 귀여울 것 같다.

이번 여행에서 쓴 돈

교통비(본가 오사카에서)	3,040엔
식비	
기츠네 우동	320엔
하코모토관 '곤야'(고리야마 자료관)	300엔
내 선물	
금붕어 손수건, 인형 등	약 1,000엔
감잎 초밥	830엔
합계	약 5,490엔

고리야마 자료관에 갔더니

동네 아이들이 숨바꼭질 중이었다.

생각지 못한 곳에 숨어 있어서 귀여웠다.

자료를 보는 게 아니라 이런 생각만 했던 나.

나였다면 저기 숨을래.

34
도야마현 富山県

이틀 후 예정이 비어서 갑작스럽게 혼자 여행을 떠나기로 했다.

오랜만에 도호쿠*에 가려고 여행사에서 이와테현의 저렴한 패키지 상품을 찾았는데 아쉽게도 마음에 드는 것이 없었다.

"손님, 어떻게 하시겠어요? 일정을 바꾸시겠어요?"

"아니요, 이와테 말고 도야마현이나 에히메현이나 오이타현도 좋아요."

~~~~~~~~~~~

* 혼슈 동북부 지역.

그렇게 대답하자 여행사 직원이 불안한 표정을 지었다. 여행지를 뭐 이리 대충 정하나 싶었을 것이다.

도야마현에 저렴한 상품이 있어서 이번 달은 도야마로 결정했다.

생각해보면 비즈니스 패키지는 편리하다. 왕복 교통비와 숙박비가 세트여서 내가 정할 필요가 없다. 열차만 놓치지 않는 한, 나 같은 여행 초보자도 순식간에 어디든 갈 수 있다.

다른 이야기인데, 도야마현은 한자 때문에 후지산富士山이 있을 것 같다. 아무리 이런 나라도 없는 것쯤은 안다. 그래도 제일 먼저 후지산이 떠오른다.

도쿄역에서 조에츠 신칸센 'MAX 다니가와'를 타고 에치고유자와越後湯沢역까지 가서 특급 '하쿠타카'로 갈아타 도야마에는 점심을 지나 도착했다.

첫날은 시내를 쭉 둘러보기로 했다. 먼저 가이드북에 실린 '도야마 토우 공방'에 토우 그림 그리기 체험을 하러 갔다. 도야마의 역사와 민속을 소개하는 도야마시 민속민예촌에서 그림 그리기 체험을 할 수 있었다. 택시를 타고 갔는데, 나중에 무료 버스가 있다는 걸 알고 우울해졌다.

1층 가게에서 새하얀 토우를 사고 2층 공방에서 그림 도구와 앞치마를 빌려 드디어 그림 그리기다. 나는 마네키네코* 토우에 호랑이 무늬를 그렸다. 공방 사람이나 그림 그리기 체험 중이던 다른 아주머니들이 모여서 "어쩜 잘 그리네" 하고 입이 닳도록 칭찬했다. 내 그림을 이렇게 칭찬받는 건 오랜만이야……

민예촌을 나와 도야마현 수묵미술관에 가려고 버스를 탔는데, 정류장을 잘못 내려서 결국 또 택시를 탔다.

막 비가 갠 저녁 무렵.

진즈대교神通大橋를 지날 때, 나도 모르게 "와, 경치가 아름다워요"라고 말하자 운전사가 "예전에 이타이이타이병이 발생했지요"라고 숙연하게 말했다. 교과서에서 배웠는데 여기인 줄은 전혀 몰랐다. 이곳에서 태어나고 자란 사람과 관광으로 온 사람은 같은 경치라도 아름다움 혹은 슬픔으로 보는 법이 달라진다. 운전사는 그 후로 말이 없었다.

해 질 녘까지 시내를 관광하고, 저녁은 역 구내에서 도야마 명물이라는 흰새우튀김 덮밥을 먹었다. 명물답게 맛있었다. 텔레비전에서는 밤 내내 선거 방송만 나왔다.

---

* 한쪽 앞발을 들고 사람을 부르는 포즈를 취한 고양이 인형. 손님과 재물을 불러들이는 행운의 상징물.

이튿날은 일찍 일어나 당일치기로 구로베黑部 댐에 갔다. 구로베 댐이라는 이름을 자주 들어서 가보고 싶었다. 그런데 이게 또 큰일이었다. 도야마역에서부터 전철에 케이블카에 버스에 로프웨이에 기타 등등 각종 탈것을 갈아타야 했다. 교통수단이 잘 조정되어 대기 시간은 적었지만 3시간이나 걸렸다. 도착했을 때는 돌아갈 여정이 걱정돼 마음이 무거웠다.

그래도 구로베 댐의 박력은 볼 가치가 있었다. 관광용으로 댐 방수를 해줘서 쏟아지는 물이 무지개를 잔뜩 만들었다. 물의 위력이 너무 세서 아래로 콸콸 쏟아지지 않고 공중에서 한 번 후루룩 부풀어 올랐다. 솜사탕처럼 폭신폭신해 보였다.

'와, 이게 구로베 댐이구나!'라는 감동과 '와, 혼자서 여기까지 왔어'라는 감동이 거의 비슷했던 것 같다.

구로베 댐을 만끽한 다음의 귀로는 다시 탈것들의 시간……. 곧장 가기 싫어서 도중에 무로도室堂에서 관광을 하기로 했다. 별로 기대하지 않았는데 알프스 소녀 하이디의 배경처럼 아름다운 산과 호수 풍경이 펼쳐져서 솔직히 감탄했다.

관광객들이 산책을 즐겨서 나도 어슬렁어슬렁 걸었는

데, 혼자 온 사람은 나뿐이어서 급격히 부끄러워졌다. '카메라가 취미인 사람'처럼 열심히 사진을 찍었다.

　혼자 있는 것이 왜 부끄러울까?

　이토록 경치 좋은 산을 함께 여행할 사람이 없다니 불쌍하다고 누군가가 '생각하지 않을까?'에서 오는 부끄러움이다. 누군가란 지나가는 여행객들로, 그런 생판 모르는 남이 '불쌍하다'고 생각해봤자 두 번 다시 만날 일도 없다. 그런데도 카메라를 좋아하는 사람인 척하거나 일 때문에 취재하러 온 사람인 척 메모하는 나……. 한편으로 이래도 괜찮다고 생각하는 나도 어딘가 있다. 언제 어디서나 당당하게 구는 건 왠지 거짓말 같다.

㉞ 도야마현

특급 '하쿠타카'를
타고 돌아
오는데

차내 방송이
나오더니
오늘로 승객
2천만 명이
넘어서

고마
워요.

모두에게
'하쿠타카'
기념품을
나눠
준다고.

기념품인 돋보기….
소중히
간직할게요.

정말
축하
합니다.

곰방
잃어
버렸어요….

이번 여행에서 쓴 돈

비즈니스 패키지(숙박비·교통비)	35,400엔
현지 교통비	15,300엔
식비	
흰새우튀김 덮밥	630엔
수프 카레	750엔
도야마역 도시락	750엔
구운 야채떡	400엔
쑥 된장떡	200엔
산딸기 아이스크림(구로베 댐)	300엔
더치커피(다테야마 호텔)	850엔
해산물 볶음국수·춘권(룸서비스)	2,425엔
기타	3,560엔
도야마현 수묵미술관	1,000엔
도야마시 민속민예촌	210엔
토우 그림 그리기	640엔
미쿠리가이케 온천	600엔
구로베 댐 대박력 기념사진	1,200엔
물품 보관함	300엔
즈이류지(다카오카)	500엔
아로마 마사지(호텔에서)	5,000엔
내 선물	
뇌조 장식 고리	450엔
오와라다마텐*	530엔
히미 우동	400엔
합계	71,395엔

* 달걀 흰자에 설탕, 한천을 넣어 굳히고 표면에 노른자를 입혀 구운 명물 과자.

35
돗토리현 鳥取県

오사카에 사는 엄마와 온천에 가기로 약속해 교토에서 만나 효고현 기노사키온천城崎温泉에서 하룻밤 묵었다.

다음 날 기노사키역에서 엄마는 오사카로, 나는 이번 여행의 목적지인 돗토리로 향했다.

환승이 편리해서 1시간 반 만에 돗토리역에 도착했다.

비가 내려서 사구 견학은 다음 날로 미뤘다.

그럼 첫날은 뭘 할까?

가이드북에 돗토리현립 박물관이 소개되어 있어서 가보기로 했다. 관광안내소에서 위치를 묻자 "걸어서 갈 수 있어요"라고 선뜻 말하기에 걸어갔는데 30분 가까이 걸렸다.

비 내리는 평일 박물관은 기획전도 없어서 손님이 없었다. 혼자서 상설 전시를 느긋하게 감상했다. 입장료가 겨우 180엔이었다. 천연기념물인 장수도롱뇽을 사육한다고 해서 찾아봤는데, 울타리가 쳐진 물속에 세 마리가 있었다. 그중 두 마리는 느릿느릿 걸었는데 그 모습이 무척 귀여웠다. 그런데 잠깐 지켜보는 사이에 우뚝 멈춰 서더니 내가 떠날 때까지 다시 움직이지 않았다. 저렇게 가만히 있는데 수명이 70년이나 되다니, 한가하겠다.

박물관이어서 동물이나 물고기 박제도 많았다. 작은 쇼케이스 안에 돗토리 동물들을 디오라마로 전시해 놓았다. 사슴, 여우, 일본원숭이, 산토끼 등등이 옹기종기 모였다. 손님이라곤 나뿐인 박물관에서 박제 디오라마 앞에 서 있으려니, 내가 보는 것이 아니라 박제 동물들이 '나를 보는' 기분이었다. 어떤 의미에서 박력 만점인 박물관이었다.

역 앞 호텔에서 하루 묵고 다음 날은 돗토리 사구로.

47개 도도부현 여행을 시작하면서 가장 가보고 싶었던 곳이 돗토리 사구였다. 사진으로 봤을 땐 마치 외국 풍경 같았다.

돗토리역에서 버스를 타고 20분쯤 걸려 도착했다.

동경하던 돗토리 사구는 이름 그대로 모래언덕이었다.

상상했던 것보다는 한참 작았는데, 내 상상이 워낙 장대했던 탓이다.

리프트를 타고 사구까지 가서 혼자 모래언덕을 올랐다. 비가 갠 후여서 모래는 버석거리지 않고 촉촉했다. 발로 모래 위에 그림과 문자를 그리는 가족이나 연인들. 즐거워 보인다. 나도 혼자가 아니었다면 모래 위에 낙서하고 싶었다.

언덕의 가장 높은 곳까지 올라가 바다를 바라보았다. 사구 전체의 경치는 나쁘지 않았다. 그런데 그곳에 있을 때보다 나중에 떠올린 사구가 훨씬 아름다웠다. 신기한 일이다. 도쿄에 돌아온 뒤에도 내 발은 모래의 묵직한 감각을 여전히 기억하고 있었다.

그리고 이번 여행의 진정한 메인 이벤트!

침대 특급열차다.

내가 침대열차에 타는 일은 평생 없을 줄 알았다. 그런데 도쿄에서 여행 표를 수배할 때, 녹색 창구* 여직원이 "침대차량을 이용하시는 방법도 있어요"라고 불쑥 말해서 '아!' 하고 마음이 동했다.

돗토리역에서 침대 특급열차 '이즈모'호가 출발하는 시

---

* 일본 JR의 특급권, 침대권, 지정 승차권 등을 예약 발매하는 역 창구.

각은 밤 8시가 지나서. 그때까지 시간이 많이 남았지만 관광하기엔 피곤해서 커피를 마시고 아로마 마사지를 받았다. 기운을 차리고 역 앞 다이마루 백화점에서 규슈 물산전이 열렸길래 구경하러 갔다. 돗토리에서 규슈의 고구마튀김을 샀다.

돗토리역 주변 목욕탕은 온천물이어서 편안하게 온천욕을 즐기고 화장을 지운 뒤, 백화점 식품매장에서 먹을 것과 디저트를 사서 드디어 승차했다.

침대열차. 걱정 많은 나는 당연히 열쇠 달린 개별실이다. 반 평 정도 되는 방에 간이침대와 이불, 테이블, 세면대가 있었다. JR이라고 프린트된 유카타까지 있지 뭔가.

승차하자 차장이 개별실 열쇠를 주러 왔다. 화장실은 외부에 있으니 그때는 열쇠로 잠그고 가라고 했다.

8시 24분.

이즈모가 돗토리역을 출발했다. 도중에 몇 개 역에 정차하며 천천히 도쿄를 향해 달렸다.

파자마로 갈아입고 한가로이 차창 밖의 밤 풍경을 바라보았다. 책이라도 읽을까? 그럴 생각이었는데 밥을 먹고 바로 잠들어서 눈을 뜨니 한밤중인 12시 28분. 교토역에 정차해 있었다. 귀가하는 사람들이 플랫폼에서 휴대폰을 쓰는 모습이 커튼 틈새로 보였다. 나는 이미 파자마 차림. 왠지 신기했다.

잠 하나는 잘 자는 나는 결국 침대열차에서 푹 잤다. 아침 7시에 도쿄역에 내릴 때는 이미 여행의 피로감은 사라진 뒤였다. 아무래도 나는 침대 특급열차와 잘 맞나 보다.

㉟ 돗토리현

낙타

사구에 있었는데

탈 수
있어요~

타기 싫은 건
아니었지만

사실은 굉장히
타고 싶었다.

아
하
하

혼자서는 좀.

이번 여행에서 쓴 돈

숙박비(호텔 1박)	8,700엔
교통비	
기노사키온천—돗토리	5,030엔
돗토리—도쿄(침대 특급열차)	26,690엔
현지 교통비	400엔
식비	
파스타 런치	840엔
백화점 식품매장 음식	약 1,000엔
기츠네 우동	약 500엔
오므라이스 그라탱	945엔
케이크 세트	840엔
기타	약 1,710엔
돗토리현립 박물관	180엔
사구 리프트	200엔
히노마루온천(돗토리역)	310엔
물품 보관함	600엔
아로마 마사지	약 9,000엔
내 선물	
락교	1,050엔
신고배	1,260엔
장수도롱뇽 자석	1,000엔
합계	약 60,255엔

36
오키나와현 沖繩県

오키나와에 혼자 여행을 간다고 하자 몇 명이 "오키나와 어디?" 하고 의욕적으로 물었다. 그렇게 의욕 넘치게 묻는 사람은 대부분 오키나와를 잘 알아서, 내가 "나하那覇 시내에서 2박"이라고 대답하면 맥 빠진 표정을 짓는다.

"어? 나하만? 다른 섬엔 안 가? 진짜 좋은 데 있어!"

분명 그 말이 맞겠지만, 추천하는 섬은 다른 사람과의 화기애애한 만남이 있을 것 같다. 여행을 가서까지 사람과 만나기 싫은 마음이 강해진 내게는 아무래도 좀…….

사실 오키나와는 예전에 일이나 엄마와의 여행 등으로 갔었고, 나하 시내도 이미 관광했다.

나하 공항에 도착해서 모노레일을 타고 국제 거리와 가까운 츠보야 도자기 거리로 갔다. 저번에 왔을 때 산 오키나와 도자기가 마음에 들어서 다른 것도 살 생각이었다. 마침 '츠보야 도자기 축제'가 열려서 모든 도자기 가게가 20퍼센트 할인 중이었다. 몇 곳에 들러 접시를 두 장 사자 여행 목적의 6할쯤 달성되었다.

그 후에 국제 거리에서 사온 타코를 호텔 방에서 먹고 나니 여행 목적의 9할 달성. 국제 거리에 있는 '타코스야'의 타코가 맛있었다는 기억이 선명해서 이번에도 기대했다. 여전히 맛있어서 그곳의 타코를 두 번이나 먹었다.

계획했던 일들의 대부분을 첫날에 끝내서 남은 이틀간은 나하 시내를 어슬렁거렸다.

'오키나와현립 박물관'에 가자 천연기념물인 얌바루 흰눈썹뜸부기 박제가 있었다. 분위기는 꿩과 학을 합체한 느낌? 데리고 산책하고 싶을 정도로 맹하게 생겨서 귀여웠다.

토산품 가게가 늘어선 국제 거리는 예전에도 그랬듯이 수학여행 온 학생들로 붐볐다. 남고생들이 선물을 사는 모습을 보면 '부모님께 어떻게 드릴까?' 하고 생각하게 된다.

"엄마, 이거 선물."

무뚝뚝하게 내미는 모습을 보고 싶네. 나도 모르게 엄마

입장으로 상상해버렸다.

그러고 보니 일본에 처음 생긴 면세점이 오키나와에 있다지? 가보려고 모노레일을 타고 '오모로마치역'에서 내렸다. 웅장하고 세련된 면세점이 우뚝 서 있었다. '페라가모'나 '티파니' 같은 브랜드점이 많았다. 그중에서도 '코치'는 바겐세일하는 행사장처럼 인기여서, 나도 마음이 급해져 작은 가방을 하나 샀다.

그 후 화장품 코너를 돌아다니는데 샤넬 직원이 말을 걸었다.

"도와드리겠습니다."

립스틱 고르기를 도와준다는 의미인데, 그 '도와드리겠습니다'의 '리' 발음만 뽕 높아지는 부드러운 말투에 녹아내렸다. 너무 귀엽잖아! 그래서 립스틱과 아이섀도를 사고 말았다. 립스틱은 몰라도 샤넬 아이섀도를 내가 과연 잘 쓸 수 있을까⋯⋯.

오키나와 혼자 여행. 번화가를 돌아다니다가 끝난 셈이지만 즐거운 여행이었다. 11월인데 거리에는 여전히 남쪽 나라의 선명한 꽃이 피어 있었다.

(36) 오키나와현

레스토랑에서
두부 참푸르 정식을
먹는데
우물
우물
다른 테이블의 관광객이
따뜻한 커피와
'바다포도'를
시켰어요.
바다포도
한가득
그 조합은 좀
아니라고 생각해요.
절대 아니야!

이번 여행에서 쓴 돈

비즈니스 패키지(비행기·호텔 2박)	약 30,800엔
현지 교통비	2,220엔
식비	
백화점 식품매장 음식	1,050엔
타코 2개와 양파링	500엔
흑당 간식	450엔
두부 참푸르*	900엔
아보카도 버거·파인애플 주스	1,470엔
흑당 땅콩	105엔
자색고구마 타르트·만주	170엔
타코 3개·감자빵	550엔
기타	960엔
츠보야 도자기 박물관	315엔
구 해군사령부 방공호	420엔
오키나와현립 박물관	210엔
물품 보관함	700엔
내 선물	
코치 가방	29,000엔
샤넬 립스틱·아이섀도	9,300엔
자스민차	315엔
지마미 두부**	620엔
접시 2장	2,000엔
합계	약 82,055엔

* 다양한 재료를 넣고 볶은 명물 요리.

** 시럽을 뿌려 먹는 땅콩 두부.

37
가가와현 香川県

전부터 가보고 싶었던 고토히라琴平가 시고쿠의 어느 현에 있는지 몰랐다. 가이드북으로 찾아보고 가가와현인 것을 알았는데, 가가와현에 다카마츠高松가 있다는 것까지 발견! 발견이 많은 내 인생이다.

하네다에서 다카마츠 공항으로 가는 기내에서 "왼편에 후지산이 선명하게 보입니다"라는 방송이 나와 창밖을 봤는데 보이지 않았다. 그런데 이럴 수가, 비스듬히 아래쪽에 후지산이 당당하게 있었다.

옆면 그림으로만 봤던 후지산. 위에서 보니 달 표면의 언덕 같았다. 도쿄에서 가가와로 여행을 갈 분들은 왼쪽 좌석에 앉아서 신비로운 후지산을 부디 보시기를(매번 같은 쪽일까?).

공항에 도착해서 버스를 타고 다카마츠 시내로 향했다. 사누키 우동을 먹기 위해서였다. 도중에 유명한 '리츠린공원栗林公園'에도 들렀다.

돈을 내고 견학하는 일본식 대형 공원이 많은데, 리츠린 공원은 내가 좋아하는 타입이었다. 전경이 한꺼번에 보이는 것이 아니고 나무 사이를 지날 때마다 새로운 경치가 나타나 소소한 감탄이 이어진다. 약 1시간쯤 산책했다.

다카마츠역 주변 상점가에서 사누키 우동 가게를 찾았다. 손님이 직접 면을 삶고 국물을 붓는 셀프서비스 사누키 우동 가게를 텔레비전에서 본 적 있는데, 내가 그걸 할 수 있을까? 비교적 편하게 들어갈 수 있는 우동 가게를 발견했으나 불안해서 가게 앞을 한참이나 서성였다. 한 노부인이 가게로 들어가길래 허둥지둥 쫓아 들어갔다.

그래, 노부인을 흉내 내자!

노부인은 가게에 들어가자 카운터에 "기츠네 대"라고 주문했다. 나도 똑같이 "기츠네 대"를 주문했다. 10초 만에 기츠네 우동 '대'가 카운터에 나와서 평범하게 돈을 냈다. 직접 만들지 않아도 되는 가게였다. 긴장해서 노부인의 메

뉴까지 흉내 냈는데······. 우동은 맛국물이 달곰해서 오사
카 출신인 나도 잘 아는 그리운 맛이었다.

사누키 우동을 먹고 다카마츠 상점가를 돌아다니다가
소규모 갤러리 앞을 지났다. 어라? 지금 그거? 돌아가서 갤
러리를 들여다보니 니나가와 미카* 사진전이었다. 살풍경
한 갤러리에 색채가 강렬하고 아름다운 사진이 잔뜩 걸려
있었다. 왜 여기에서? 의아했지만 혼자 느긋하게 감상했다.
왠지 이득 본 기분이었다.

그 후에 다카마츠역에서 전철을 타고 고토히라로. 저녁
무렵에 도착한 고토히라역은 낡고 소박했다. 온천 여관에
서 하루 묵고 다음 날 아침 눈을 뜨자 엄청난 구름 풍경이
펼쳐졌다. 그리고 강렬한 한파가 찾아왔다.

고토히라에는 곤피라 참배로 유명한 고토히라구金刀比羅
宮의 길고긴 계단이 있다. 참배길 입구부터 이즈타마신사嚴
魂神社까지 1,300개가 넘는 계단을 올라가야 하는데 눈이라
니······. 체력도 없는데 이런 한파, 내가 견딜 수 있을까?

흠, 갈 수 있는 데까지 가보자.

무엇보다 나는 도중(약 800단)에 있는 오모테쇼인表書院이

---

* 　사진작가이자 영화감독. 〈사쿠란〉, 〈인간실격〉 등의 영화가 대표작.

라는 서원에서 에도 시대 화가 마루야마 오쿄의 장벽화를 보는 것이 가장 큰 목적이었다. 굳이 끝까지 올라가지 않아도 된다.

마루야마 오쿄는 작년에 잡지「예술 신초」특집을 읽고 알았는데, 동물 그림이 유독 귀여워서 실물을 보고 싶었다.

오모테쇼인에 도착해 장벽화를 감상했다. 방 하나마다 새로운 세계가 펼쳐지는 장벽화의 공간. 중요 문화재인 만큼 방에 들어가지 못하고 유리 너머로 봐야 했다. '학의 방', '산수의 방' 등 모든 방의 장벽화가 아름다웠는데 '범의 방'이 제일 좋았다. 당당한 범들을 멋지게 그렸는데, 모두 범이라기보다 커다란 고양이 같아서 사랑스러웠다. 아무리 봐도 질리지 않아서 범 앞을 떠나기 힘들었다. 한 번 더 가보고 싶다.

모처럼 여기까지 왔으니까 결국 정상의 이즈타마신사까지 올라갔으나 정말, 정말 힘들었다. 이따금 만난 참배객들도 숨을 헐떡이며 괴로워 보였다. 필요 이상으로 힘을 끌어쓴 탓일까? 나는 결국 다카마쓰 공항에서 상태가 나빠져서 비틀거리며 도쿄로 돌아왔다.

�37 가가와현

환생하긴 싫지만 리츠린공원의 잉어라면 괜찮을지도~

관광 온 아이들이 잉어에게 먹이를 주었는데

귀신은 나가라.

귀신은 나가라.

왜인지

귀신은 나가라고 말했다.

귀신 소리 듣는 건 싫을지도….

역시 환생하기 싫네.

이번 여행에서 쓴 돈

비행기·숙박 세트(1박 2식 포함)	
	37,000엔
현지 교통비	약 2,600엔
식비	
사누키 우동(기츠네 대) 다카마츠에서	320엔
사누키 우동(기츠네) 고토히라에서	500엔
도라야키*	180엔
호텔에서 케이크 세트	680엔
기타	약 600엔
리츠린공원	500엔
오모테쇼인(오쿄의 그림)	500엔
보물관	400엔
구 곤피라대극장	500엔
호텔에서 마사지	3,150엔
내 선물	
사누키 우동 자석	525엔
간장조림 콩	300엔
합계	약 47,755엔

* 반죽을 둥글납작하게 구워 안에 팥소를 넣은 빵.

38
에히메현 愛媛県

　나츠메 소세키의 소설 『도련님』으로 유명한 도고 온천 道後温泉에 가보기로 했다.

　여행 팸플릿에 상징처럼 소개되는 그 '도고온천 본관'이라는 건물이 궁금했다. 도대체 어떤 구조일까?

　도쿄에서 에히메까지 비행기로 1시간 20분쯤 걸렸다. 먼저 공항에서 버스를 타고 시내로 가서 마츠야마성을 관광하기로. 마츠야마성에 가는 로프웨이가 공사 중이어서 대신 리프트를 타고 갔는데, 이럴 수가 마츠야마성도 공사 중이었다. 성의 9할 정도가 시트에 덮여 있었다. 어쨌든 1할 (지붕 끝)은 봤으니 '마츠야마성을 관광'한 셈이다.

성 근처 역에서 노면전차를 타고 도고온천으로 갔다. 10분 걸려 도착한 도고온천역은 관광객이 많아 활기찼다. 『도련님』의 등장인물로 변장한 담당자 여럿이 기념촬영 서비스를 해주거나 역 앞의 가라쿠리 시계*에 대해 열심히 설명해주었다.

우선 호텔에 들어가 쉬고, 밤이 되면 유카타로 갈아입고 '도고온천 본관'에 가야지!

그럴 예정이었는데 결국 그날은 기분이 가라앉아 호텔에서 한 발짝도 나가고 싶지 않았다.

기분이 가라앉은 이유는 두 가지다.

하나는 도고온천의 밤이 혼자 여행에는 어울리지 않는 분위기였기 때문이다. '도고온천 본관'은 대형 목욕탕 같은 곳이어서, 관광객은 밤이 되면 그곳에서 목욕을 즐기고 유카타 차림으로 길거리의 토산품 가게를 둘러보며 여행 기분을 낸다. 유카타를 입고 혼자 어슬렁거리기에는 조금 부담스럽다.

또 다른 이유는 내가 머문 호텔의 저녁 식사다. 다른 숙

---

* 일명 '봇짱 시계탑'으로, 매시 정각에 『도련님』 속 등장인물 인형이 등장해 춤을 추는 시계.

박객과 함께 넓은 식당에서 먹었는데, 기력을 잃었다. 식어서 딱딱해진 꼬치구이에 차가운 튀김에 말라비틀어진 회. 여행을 다니면서 자주 하는 생각인데, 그런 건 온천 여관에서만 허용되는 특권 아닐까? 길거리 정식집에서 비슷한 요리가 나오면 손님은 당연히 화를 낼 것이다.

나온 요리 중에 무엇으로 만들었는지 모를 음식이 몇 접시 있어서 젊은 여성 직원에게, "이건 뭐죠?"라고 물었더니, "어, 그게요, 그게" 하고 웃으며 얼버무리려고 했다. 나도 생글생글 웃으며 계속 여직원의 얼굴을 바라보자 "물어보고 오겠습니다" 하고 주방으로 뛰어갔다. 최소한 손님에게 무엇을 내는지는 알고 일하면 좋겠다.

아무튼 다음 날. 체크아웃을 마치고 기운을 내 '도고온천 본관'에 갔다.

요금에 따라 관내 이용법이 달라지는 점이 재미있다.

400엔이면 1층 '신의 탕'이라는 대형 온천에만 들어갈 수 있다. 800엔이면 '신의 탕'에 들어갈 수 있고, 2층 휴게실에서 쉴 권리가 따라온다(여기서부터 유카타를 대여할 수 있다). 1,200엔이면 '신의 탕' 이외에 '영의 탕'이라는 온천에 들어갈 수 있고 차와 전병도 서비스로 주며 관내를 관람할 수 있다. 또 1,500엔이면 개별실에서 쉴 수 있고 경단까지

준다. 참고로 모든 코스가 시간제다.

나는 아침에 400엔 코스, 오후에 1,200엔 코스로 두 번 이용했다. 400엔 '신의 탕'은 동네 사람들이 편하게 목욕탕으로 이용해서 마음에 들었는데, 관광으로 온다면 역시 1,200엔 코스 정도가 좋겠다. 유카타를 입고 휴게실에서 차와 전병을 먹으며 편안하고 여유롭게 쉴 수 있었다.

마츠야마는 하이쿠 시인 마사오카 시키의 고향이어서 도고에는 마사오카 시키의 박물관이 있었다. 그의 생애를 비디오로 볼 수 있었는데, 식탐이 대단한 사람이라 인간미 넘쳐서 좋았다.

일본의 오래된 유리 미술관인 '기야만의 정원'도 볼만했다. 에도 때부터 메이지 때까지 만들어졌다는 유리 '주렴'은 대단히 아름다웠다.

도고온천은 또 가고 싶다. 온천물이 부드럽고 공항에서도 가까워 편리하고 관광객 유치에도 힘을 쓴다. 마츠야마 공항에서 시내까지는 버스로 15분 정도여서 편리하다.

봄에 엄마랑 같이 와야지.

그런 식사는 두 번 다시 싫으니까 현지에서 괜찮은 호텔을 미리 조사하고 돌아왔다.

㊳ 에히메현

도고온천 본관
1,200엔 '영의 탕'
2층석은
도고온천
관내 견학도
할 수 있다.
이쪽으로
오세요.
마침 아빠와
초등학생
남자애
둘과
팀이어서,
이 방은~
누가 봐도
4인 가족이 되고
말았죠.
위화감
전혀 없음.

이번 여행에서 쓴 돈

호텔, 교통비(비행기 왕복) 패키지 (도고온천 본관 400엔 티켓 포함)	39,000엔
현지 교통비	약 1,000엔
리프트 요금(왕복)	500엔
식비	
로켄 만두*	84엔
기리노모리 찹쌀떡 2개	314엔
기야만 카페	1,025엔
귤 식빵	525엔
귤 주스	약 100엔
기타	750엔
마사오카 시키 기념박물관	400엔
기야만의 정원	1,000엔
물품 보관함	300엔
공항에서 마사지	4,075엔
도고온천 본관	1,200엔
수건 대여(비누 포함)	50엔
물품 보관함	100엔
내 선물	
도베 도자기 기모노 인형	735엔
순수 조개관자	400엔
밤 소주	1,911엔
합계	약 53,469엔

* 1929년에 중국 만주 노동자의 주식인 만두에서 힌트를 얻어 만든 저렴한 만두.

39
아키타현 秋田県

아키타현 요코테橫手시의 전통 축제인 '가마쿠라 눈 축제*'에 가보기로 했다. 신칸센을 타고 도쿄에서 오마가리大曲로 가서 보통열차를 갈아타고 요코테역까지. 약 4시간의 긴 여행이었다.

요코테역에서 나눠주는 안내지를 읽고 가마쿠라 눈 축제의 대략적인 흐름을 파악할 수 있었다. 저녁 6시부터 시작하는 밤의 축제로, 요코테역 주변의 몇 군데 이벤트 회장

---

* 가마쿠라는 눈으로 만든 움집으로, 그 안에 신을 모시고 소원을 비는 축제다. 안으로 들어가면 아이들이 떡이나 감주를 대접한다.

에 설치된 가마쿠라를 걸으며 구경하는 것이다. 일단 호텔에 짐을 두고 옷을 단단히 입고(당연히 눈이 왔다) 가마쿠라 눈 축제를 보러 출발.

먼저 메인 이벤트 회장인 요코테 지역국 앞 회장(역에서 도보 10분쯤)에 갔더니, 눈으로 만든 벽에 세면기 크기의 작은 가마쿠라가 수없이 많았는데 하나하나 촛불이 켜져 있었다. 관광객도 점화기를 빌려 촛불을 켤 수 있어서 나도 해봤다. 일단 시작했더니 사명감이 타올라 혼자 스무 개쯤 불을 켰다.

거기에서부터 걸어서 10분쯤 걸리는 쟈노사키 강변에는 동네 중학생들이 만든 수백 개의 미니 가마쿠라에서 불이 반짝이고 있었다. "어머, 예뻐라!"라며 관광객들이 열심히 사진을 찍었다. 삼각대를 세우고 본격적으로 찍는 사람도 많았는데 좋은 위치를 확보하려고 묘한 신경전을 벌였다. 가마쿠라 안에 있는 아이들의 사진을 찍으려고 필사적인 사람도 많았는데, 아이들도 '이렇게 하면 되죠?'라는 분위기로 익숙하게 포즈를 취했다.

안내장에 실린 후타바초 회장은 가서 보니 민가의 비좁은 골목이었다. 그곳에 커다란 가마쿠라가 몇 개인가 있었고, 동네 아이들이 안에서 "떡 드세요~"하고 관광객에게 말을 걸었다. 가마쿠라 안에서 떡을 먹고 싶어! 마음은 굴 뚝같은데 아이들에게 "들어가도 될까?"라고 말을 걸기 부끄러워서 30분 가까이 눈을 맞으며 어슬렁거렸던 나…….
그러다가 가마쿠라 앞에 있던 아이들 보호자가 "편하게 들어가세요"라고 말을 걸어줘서 간신히 들어갔다.

그런데 진짜 고통은 그때부터였다. 아이들이 나를 위해 떡을 굽고 따뜻한 감주를 대접해주었는데, 좌우지간 상대는 초등학생이다. 그쪽이 이야깃거리를 제공할 리 없고 어른인 내 질문에 대답할 뿐이다. 분위기가 축 처졌다. 게다가 한술 더 떠서 나를 따라 들어온 두 쌍의 부부는 모두 입이 무거웠다……. 어른이니까 분위기 띄울 노력을 하라고! 아이 셋에 어른 다섯이 빽빽이 앉은 가마쿠라 내부에는 아무래도 좋을 질문을 하는 내 목소리만 울렸다.

다음에 간 가마쿠라의 아이들은 들어가자마자 "참배비 넣어주세요"라고 말했다. 가마쿠라 안에 새전함을 두고 물의 신을 모셨다. 마지막에 고맙다고 하고 돈을 넣을 생각이었는데 "참배비는 자유잖니?"라고 말할 것을 그랬다.

"아, 미안해요."

아이들 상대로 정중하게 사과하고 참배비(300엔)를 넣은 내가 한심했다. 말은 이렇게 해도, 아이들 나름대로 고장 축제를 자랑스러워하는 것이 느껴져서 보기만 해도 미소가 나오고 부러웠다. 축제가 있는 동네의 아이들은 참 좋겠네.

요코테성 광장이나 동네 초등학교 운동장 등 '가마쿠라 회장' 몇 군데를 돌아다녔는데 눈길이 익숙지 않아 너무 지쳤다. 딱 한 군데만 본다면 처음에 갔던 후타바초 회장이 동네 축제다운 분위기를 느낄 수 있으리라.

눈을 맞느라 몸이 식어서 호텔에 돌아오자마자 목욕부터 했다. 호텔 대욕탕에 함께 들어간 예순 넘은 할머니가 물었다. "바깥양반이랑 같이 왔수?" "아니요, 혼자요"라고 대답하자, 할머니는 "뭣이?" 하고 절규했다. 할머니가 너무 놀라는 것 같아서 "남편이 급한 일 때문에 못 오게 됐는데 저 혼자라도 가라고 해서요"라고 납득할 만한 거짓말을 했다. 할머니는 그렇다면 이해하겠다는 표정으로 웃었다.

지인이 요코테의 '나카야마 인형'을 사다달라고 부탁해서 다음 날은 가이드북에 실린 공방에 들렀다. 제조와 판매를 한다고 적혀 있었는데 평범한 민가였다. 현관에 장인 같아 보이는 아저씨가 있어서 "나카야마 인형 공방이 여기 맞나요?" 하고 묻자 안으로 들어오라고 했다.

들어가보니 방 한쪽에 그림 도구를 놓은 책상이 있었다.

아저씨가 점토 인형에 색을 칠하기 시작했다. 어떻게 하면 좋을지 몰라 일단 조용히 앉아서 아저씨의 작업을 지켜보았다.

"저기, 여기에서 나카야마 인형을 살 수 있나요?"라고 물어보니 여기는 상품이 그리 많지 않다는 것이다. 번화가의 토산품 가게(공방의 거래처) 쪽이 종류가 많다고, 안에서 나온 여성이 알려주었다. 돌아가면서 아저씨에게 뭐든 말 해야 할 것 같아 "오늘 많이 배워갑니다"라고 인사한 나. 이상한 인간이라고 여겼을지도……. 결국 나카야마 인형은 못 사서 아키타 시내에서 야바세 인형을 샀다. 둘 다 점토로 만든 소박하고 아기자기한 인형이다.

아키타 여행. 생각했던 내용을 다 못 쓴 것 같네~ 아키타 시내에서도 하루 묵었는데! 히라노 마사키치 미술관의 후지타 츠구하루의 거대한 그림에도 압도됐는데! 에피소드가 많이 있지만 이번 여행은 '가마쿠라'가 메인이니까 이쯤에서 그만.

㉟ 아키타-현

아이가 주인공인 가마쿠라 눈 축제

언뜻 보인 가마쿠라 한 곳에서는,

동네 사람으로 보이는 회사원 아저씨들이

술판을 벌였다.
(이보세요)

아 하 하 하

아 하 하 하

이번 여행에서 쓴 돈

숙박비	
요코테 1박	6,000엔
아키타 1박	4,800엔
교통비	
도쿄-요코테-아키타-도쿄	
	33,910엔
현지 교통비	2,880엔
식비	
소프트아이스크림 2개	600엔
사토 요스케 이나니와 우동	950엔
무겐도 이나니와 우동	800엔
주몬지 라면(요코테)	500엔
요코테 볶음국수	500엔
기타	약 4,938엔
요코테 가마쿠라관	100엔
아키타현립 근대미술관	400엔
히라노 마사키치 미술관	610엔
네부리나가시관(민속예능 전승관)	
	100엔
기타	2,970엔
내 선물	
훈제 단무지	350엔
오란다 전병	88엔
옻칠 젓가락	735엔
옻칠 사발 2개	7,500엔
낫토 다시마	525엔
오사와 포도 주스	1,200엔
야바세 인형 4개	2,970엔
합계	약 73,426엔

40
미야자키현 ^{宮崎県}

다른 일로 가고시마현에 갔다 돌아오면서 미야자키현에서 하루 묵기로 했다.

JR 가고시마역에서 열차 '기리시마'를 타고 미야자키역으로 갔는데 2시간이나 걸려서 의외였다. 오사카에서 교토는 30분 정도인데 규슈는 역시 넓구나, 라고 생각하며 창밖을 보는데 사쿠라지마섬이 크게 보여서 기뻤다.

사쿠라지마여, 약속대로 다시 왔어.

가고시마역에서 튀김어묵을 먹으며 느긋하게 열차 여행을 즐겼다.

미야자키는 이미 두 번 왔던 곳이다.

첫 번째는 회사원 시절, 동료들과 2박 3일로 규슈 5개 현을 돌아보는 가혹한 버스투어에 참가했는데, 미야자키에서는 '다카치호 협곡高千穗峽'을 겨우 몇 시간 관광했다.

두 번째는 5~6년 전에 남자친구와 여행으로 왔다. 니치난 해안日南海岸이나 오비성飫肥城, 하니와공원 등을 느긋하게 돌아보고 시가이아 호텔에서 묵었다. 그때 먹은 미야자키 향토 요리인 '히야지루'가 마음에 들어 지금도 가끔 도쿄 신주쿠에 있는 미야자키현 물산관에서 사와 집에서 만들어 먹을 정도다. 참고로 '히야지루'란, 차가운 된장국을 끼얹어 먹는 밥 같은 것인데, 얇게 저민 오리와 푸른 차조기가 들어서 산뜻하다.

그러니까 미야자키현은 이번이 세 번째다.

그럼 이번에는 뭘 할까?

미야자키역에 도착했으나 딱히 정한 것이 없었다. 가이드북에서 '피닉스 동물원'이라는 글자를 보고 남쪽 지역의 동물원은 어떨지 흥미가 생겨 가보기로 했다.

미야자키역에서 버스로 30분 걸려 도착했다. 흠, 그냥 평범한 동물원이었다. '염소 행진'이나 '플라밍고 행진' 등 시간별로 이벤트가 있었는데, 원내 주의사항이 적혀 있었다.

'동물의 사정상 실시하지 못할 때가 있습니다.'

'동물의 사정상'이라는 말이 왠지 재미있었다. 동물이니까 어쩔 수 없지. 그러다가 문득 생각했다.

'인간이라면 다소 무리해서라도 일할 텐데요.'

이렇게 말을 바꿀 수 있을 것 같아서, 인간은 고생이구나 싶어 숙연해졌다.

미야자키 번화가 근처에 숙소를 잡고 밤에는 명물 '치킨 난반'을 먹으러 갔다. 타르타르소스가 잔뜩 뿌려져 있어 맛있었는데 서른일곱 살인 내 위에는 조금 부담스러웠다. 세상에는 젊어서 먹어둬야 하는 음식도 있다니 조금 씁쓸해졌다.

호텔로 돌아와 발 마사지를 예약하고, 방에서 간단히 씻은 후 서둘러 갔다. 사치를 부린다는 자각은 있지만, 내 여행은 식비를 아끼니까 마사지쯤은 괜찮다고 생각한다. 여행 다음에는 일상이 또 이어지니까.

발바닥 혈 마사지가 기분 좋아서 분위기를 타고 피부 관리도 예약했다. 그런데 이건 안 하는 게 나았다. 얼굴에 전류 같은 걸 흘려서 빠직빠직 격통이! 대체 뭐였을까? 너무 아파서 2초 만에 피부 관리는 중지했다. "다른 분들은 괜찮으신데요" 피부 관리사가 시큰둥하게 말해서 "하지만 저는 아픈데요?" 하고 투덜대며 방으로 돌아왔다. 물론 돈은 안

냈다.

다음 날은 미야자키역 앞에서 출발하는 정기 관광버스를 이용해보기로 했다. 도쿄로 돌아가는 비행기가 저녁 편이어서 시간이 넘쳤다. '슈센노모리酒泉の杜~아야성綾城~데루하 현수교照葉大吊橋~국제 크라프트의 성'까지 5시간 코스로 요금은 3,200엔이었다.

그날 참가자는 나고야에서 온 아주머니 두 명과 나뿐이었다. 큰 관광버스에 겨우 세 명! 게다가 버스 가이드까지 있으니 완전히 전세다. "왠지 미안하네"라는 아주머니들의 목소리가 버스 뒤에서 들렸는데, 아주머니들이 없었다면 나 혼자일 뻔했다…….

슈센노모리는 이른바 토산품 테마파크 같은 곳으로, 미야자키의 공예품이나 명산품을 팔거나 체험하는 시설이다. 온천도 있어서 자유시간에 슬쩍 들어갔다.

그 후, 이 지역 장인들이 느티나무로 만들어 재현한 3층 건물 정도의 자그마한 아야성을 견학했다.

깃발을 든 버스 가이드의 안내를 받아 성까지 갔을 때, 나고야의 아주머니 두 분이 "나고야성이랑은 다르네" 하고 자랑스럽게 말해서 미소가 지어졌다. 자기 고향의 성이 제일 자랑스러운가 보다.

이 관광코스의 메인은 데루하 현수교. 높이 142미터, 길이 250미터나 되는 현수교를 실제로 걸어서 건널 수 있다. 아래는 강이다. 고소공포증이 있는 사람은 절대 건널 수 없을 것이다. 높은 곳이 괜찮은 나도 조금 무서울 정도였다.

"기어서 건넌 분도 있대요."

버스 가이드가 말했는데, 그렇게까지 해서 건널 이유가……

버스에서는 버스 가이드가 민요를 불러주거나 이것저것 설명을 해주었다. 기억에 남는 내용은 별로 없었지만 재미있었고 무엇보다 편했다.

가끔은 정기 관광버스를 이용해도 괜찮을 것 같았다. 슬슬 혼자 여행도 마무리될 때가 되어서야 생각이 미쳤다.

이제 일곱 개 현만 가면 이 여행도 끝이다. 요즘은 처음 만난 사람에게 출신지가 어딘지 묻는 것이 즐겁다. 대부분 가본 적이 있으니까 무심코 흥분해서 수다를 떠는 나다.

㊶ 미야자키현

먹이 주고 싶어~

동물원의 미국너구리 우리 앞에서 아이들이 먹이를 주고 싶어했다.

이제 돈 없어.

엄마가 허락해주지 않기에,

내가 먹이를 사서 미국너구리에게 살며시 줘봤는데

안 먹네.

미국너구리가 안 먹어서 어색해 졌습니다.

우시~

이번 여행에서 쓴 돈

숙박비(호텔)	6,195엔
교통비	
하네다 – 가고시마(비행기)	22,000엔
가고시마 – 미야자키(JR)	3,790엔
미야자키 – 하네다(비행기)	23,200엔
현지 교통비	1,310엔
정기 관광버스	3,200엔
식비	
멜론빵	120엔
커피	280엔
치킨 난반	950엔
딸기	450엔
요구르트	168엔
두유	80엔
연유 소프트아이스크림	250엔
네리쿠리*	250엔
미야자키 소고기 햄버거	약 1,500엔
기타	약 500엔
피닉스 동물원	800엔
호텔에서 발바닥 혈 마사지	3,150엔
공항에서 마사지	4,800엔
슈센노모리 온천	500엔
내 선물	
고구마 소주 사탕	315엔
실	800엔
합계	약 74,608엔

* 찐 고구마와 데친 떡을 섞어 만든 음식.

41
기후현 岐阜県

       2003년에 이미 혼자 여행을 다녀온 나가노현. 그때 갔던 마고메가 모르는 사이 기후현으로 바뀌었다. 그렇다면 기후현 나 혼자 여행은 이미 마친 셈인가? 곰곰이 생각했으나 '기후현에 갈 거야!'라는 마음으로 여행을 떠났던 것이 아니니 이번에 기후현을 따로 여행하기로 했다. 오사카 친구가 도쿄에 왔던 차여서 친구가 돌아갈 때 같이 신칸센을 타고 가서 나는 나고야에서 내렸다. 나고야에서 친구와 헤어지다니 느낌이 이상했다.

    JR 나고야역에서 기후역까지는 겨우 20분 정도. 밤 10시 넘어서 도착했다. 역 앞이 생각보다 조용해서 불안진진 나머지 예약해둔 호텔까지 잽싸게 뛰어갔다. 시나가와역에서 산 도시락 '츠바메그릴'을 신칸센에서 먹어둬서 호텔에 도착하자마자 목욕부터 하고 『다빈치 코드』를 읽다가 잠들었다. 등장인물 이름이 복잡해서 진도가 영 안 나간다.

다음 날은 8시 15분에 일어나 아침 드라마 〈순정 반짝〉을 봤다. 재미있어서 매일 즐겁게 본다. 주연인 미야자키 아오이의 연기가 대단하다. 무로이 시게루의 연기도 좋아하는데, 그와 분위기가 닮았다는 소리를 듣는 나는 열심히 응원한다. 〈추라상〉 이후 대히트한 아침 드라마다.

아무튼, 기후현에는 구조하치만郡上八幡이란 곳이 있다. 거리 풍경 사진이 아름다워서 가보기로 했다. 나는 보통 가이드북에서 정보를 얻는다.

기후역에서 버스를 타고 1시간 조금 더 걸렸다. 옛 정취 그대로 남은 거리와 아름다운 나가라강長良川. 가이드북에 사진이 실린 '물의 샛길'은 5분이면 다 돌아볼 정도로 아담했다. 작은 동네여서 터벅터벅 걷다 보면 금세 관광이 끝나는데, 아기자기한 분위기가 좋았다. 용수로의 잉어를 구경하고 민가를 개조한 찻집에서 차를 마셨다. 느긋한 여행이다.

어디랑 비슷한데? 아 그렇지. 나가사키현의 시마하라와

어딘지 비슷했다. 구조하치만성도 있는데 걸어서 20분쯤 걸린다고 했다. 생각보다 날이 더워서 안 갔다.

여름에는 '구조오도리'을 춘다고, 거리에 포스터가 잔뜩 붙었다. 여럿이 둥그렇게 둘러싸고 추는 본오도리* 같은 것인데 32일간 밤마다 춘다고 한다. 그것도 축제의 최대 절정인 8월 중순 나흘간은 철야로 춘다고. 이 고요하고 작은 마을이 춤으로 달아오른 풍경을 상상하기 어렵다. 보고 싶다. 춤도 추고 싶다. 어디서 취재 의뢰 안 오려나. 아니지, 취재면 돌아간 후 업무량을 생각하느라 마음껏 즐기지 못하니까 언젠가 개인적으로 와야지.

그리고 드디어 이번 여행의 메인 이벤트. 바로 '식품 샘플 공방'이다. 구조하치만은 납세공 발상지여서 식품 샘플을 제조하는 공방이 있다. 공방에서 식품 샘플 제조를 체험할 수 있다고 가이드북에 실려서 기대했다.

공방으로 가자 식품 샘플을 대량으로 팔았다. 전부 다 실물과 똑같았는데, 특히 카스텔라나 어슷하게 썬 바나나는 진짜와 구별하기 어려울 정도였다. 자석 붙은 것이 하나에 500엔 정도여서 선물용으로 열 개쯤 샀다.

───∿∿∿∿∿───

* 오본 때 마을 주민들이 한데 모여 추는 춤.

드디어 식품 샘플 제조 체험이다. 나는 부부 한 쌍과 함께 도전했다. 전문 장인인 아저씨가 내리는 지시를 따라 튀김을 만들었다. 표고버섯, 피망, 고구마 등의 샘플이 담긴 바구니에서 참가자가 마음에 드는 세 가지를 고를 수 있다. 세 명 모두 새우를 선택했다. 나는 새우 이외에 풋고추와 호박을 골랐다.

컵에 담긴 노란 납을 물에 붓고 그 위에 튀김 샘플을 잽싸게 올려 '튀김 옷'을 입히는데, 다들 생각보다 솜씨가 좋았다. 장인 아저씨가 도와주니까 당연히 실패는 없다. 이야, 식품 샘플은 이렇게 만드는구나. 감탄했는데 요즘은 납이 아니라 주로 수지*樹脂로 만든다고 한다. 화기애애하게 샘플을 만들었는데 정말 즐거웠다.

돌아갈 때는 버스가 아니라 나가라강을 따라 달리는 열차를 타고 미노오타美濃太田역에 가서 JR 다카야마 본선으로 갈아타 나고야까지 가기로 했다. 차창 너머로 아름다운 나가라강을 무심히 바라보며 시인이 된 기분에 잠길 계획이었는데, 동네 고등학생들의 하교 시간과 겹치는 바람에 열차 안은 10대들의 파워로 가득 찼다. "내 인생의 절정기는

---

* 합성수지

중2였어" 옆에 앉은 고등학생이 그런 소리를 했다. 훗날 이불 속에서 발버둥치고 싶을 청년들의 대화. 소란스러웠지만 재미있었다.

그건 그렇고 저 학생들이 이용하는 통학로는 참 아름다웠다.

아침에는 아침대로, 저녁에는 저녁대로 아름다운 나가라강과 첩첩산중을 매일 당연하게 보다니. 어른이 되어 문득 이 풍경을 떠올리며 그리움을 느끼겠지.

부자 명문교에 다녔다고 자랑하는 사람보다 통학로의 경치가 아름다웠다고 말하는 편이 왠지 '승자' 같다.

㊶ 기후현

식품 샘플
'튀김'
만들기.

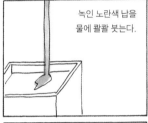

녹인 노란색 납을
물에 콸콸 붓는다.

물 표면에 뭉게뭉게
퍼뜨려

거기에 튀김 재료 샘플을 올려
굴리면
완성.

이번 여행에서 쓴 돈

숙박비(비즈니스호텔)	9,390엔
교통비	
시나가와－나고야(신칸센)	10,980엔
나고야－기후(JR)	450엔
기후－구조하치만(버스)	1,480엔
구조하치만－미노오타(JR)	1,200엔
미노오타－나고야(JR)	2,660엔
나고야－시나가와(신칸센)	11,720엔
기타	200엔
식비	
고로감자 메밀국수 (고로는 차갑다는 의미인 듯하다)	1,100엔
말차 우유	400엔
기타	500엔
물품 보관함	200엔
식품 샘플 제조	1,000엔
내 선물	
식품 샘플 자석	약 5,500엔
편지지	380엔
합계	약 47,160엔

42
히로시마현 ^{広島県}

　　엄마와 에히메현 도고온천 여행을 다녀온 뒤, 엄마와 오카야마역에서 헤어져 나만 히로시마로 향했다. 도고온천은 혼자 여행갔을 때 '여긴 혼자 오긴 적적하네'라고 생각했는데, 역시 둘이 가니까 좋았다. 내 집이라도 되는 양 엄마를 안내하기까지 했다.

　요즘은 신문의 여행사 광고를 볼 때도,

　"아, 이 시코쿠 주유 코스는 꽤 괜찮은데?"

　"이 패키지는 일정이 많아서 정신없겠다."

　하고 전문가처럼 구는 나다.

　아무튼 이번 여행은 히로시마다.

　일본 전국에서 내가 여행 간 횟수가 가장 많은 곳이 히로

250

시마현이다. 초등학교 수학여행을 시작으로 어른이 된 후에도 몇 번이나 갔다. 히로시마는 본가 오사카에서 여행하기 딱 좋은 거리다.

이번에는 아직 가본 적 없는 구레県에 가보기로 했다.

오카야마역에서 엄마와 헤어져 신칸센을 타고 히로시마역으로. 다시 JR 구레선으로 갈아타 30분 걸려 구레에 도착했다. 역 앞에 '소고' 백화점이 있어서 기뻤다. 저녁은 백화점 식품매장의 포장 음식으로 결정이다. 일단 역 근처 호텔에 짐을 두고 일몰 때까지 구레 거리를 산책했다.

마음에 드는 거리다. 어디랑 비슷한 것 같은데, 라는 감각은 여행 횟수가 늘수록 같이 늘어난다. 구레는 야마가타현의 츠루오카와 다소 비슷한 분위기였다.

가이드북에 따르면, 구레는 '노점'에 열성인 곳이라고 한다. 구라모토도리라는 넓은 대로에 라면, 이탈리안, 숯불구이 등의 노점이 스무 곳 가까이 들어서서 왁자지껄한 사진이 실렸다.

나는 혼자 노점에 못 간다는 것을 이미 잘 안다. 또 그 점을 극복할 마음이 없다는 것도 안다. 나는 여행지에서 지역 주민과 교류하지 않아도 괜찮고 오히려 꺼리는 성격이다.

처음에는 '여행' 하면 텔레비전 리포터처럼 지역 주민

들과 어울려야 하고 맛있는 것을 먹어야 한다고 생각해서 부담스러웠는데, 지금은 아무래도 상관없다. 지역 술집에서 옆에 앉은 사람들과 신나게 수다를 떨고 술까지 얻어먹어서 즐거웠다는 다른 사람의 여행담을 들어도 '아, 그랬구나' 하고 끝이다. 스치기만 해도 여행은 여행이니까, 그 지역의 공기를 느껴본 정도도 괜찮다.

처음 만난 사람의 출신지를 들으면 늘 그 지방의 공기가 생각난다. 이 사람은 그 공기 속에서 자랐구나 싶어 친밀감을 느낀다. 구레의 노점도 보는 것으로 만족했다. 언젠가 여행 동반자가 있으면 노점에서 꼭 먹어보고 싶다.

해 질 녘 구레의 거리.

렌가도리라는 넓고 긴 상점가는 산책하기에 딱 좋았다. 감미소나 정식집 메뉴를 보며 만약 내가 이곳에 살았다면 저 가게에 들어갔을지 상상하곤 한다. 여행하면서 이런 순간을 가장 좋아하는 것 같다. 장을 보고 돌아가는 동네 아주머니가 드문드문 있는 다코야키 가게에서 포장하는 모습이 그리움을 자극했다.

다음 날은 구레역에서 도보 5분인 '야마토 뮤지엄'에 갔다. 2005년에 막 문을 연 곳이어서 오전부터 사람이 많았다. 전함 야마토의 모형 등이 대대적으로 전시되어서 다들 열심히 구경했다. 나는 전함 야마토 당시의 뛰어난 기술에 감탄하는 곳인지, 전함 야마토 때문에 죽은 사람을 기리는 곳인지 판단하지 못해 어리둥절했다. 애니메이션 〈우주 전함 야마토〉 코너에서는 할아버지 단체 관광객이 고개를 갸웃거리며 애니메이션 캐릭터를 구경했다. 선물 코너에서는 야마토 프라모델을 사는 사람도 제법 있었다.

어린 시절, 반 남자아이들이 프라모델에 열중한 모습을 보고 나도 따라서 프라모델을 산 적이 있는데, 부품을 잘라 내는 단계에서 질렸다. 저런 걸 완성하는 사람의 끈기가 감탄스럽다.

구레의 쇼핑센터에서 점심으로 다코야키를 먹은 뒤, 구레에서 JR로 40분 걸리는 다케하라竹原역으로 갔다. 에도 후기의 거리가 보존된 아름다운 지역이 있다고 가이드북에 실렸기 때문이다.

그런데 화창하고 무더운 날씨여서 도중부터 자외선이 신경 쓰여 관광하는 동안 정신이 없었다. 여행을 왔다고 꼭 화창하지 않아도 된다. 매달 하는 여행이니까 비도 괜찮다. 오히려 보슬비가 내려야 촉촉해서 좋을 정도다. 다케하라에는 에도 거리가 남아 있었고 사진도 찍었으니까 후다닥 떠났다.

사정상 하루만 묵은 히로시마 여행이었지만 한 가지 아쉬운 점이 있었다. 고등학생 시절에 친했던 친구가 지금 히로시마 시내에 살아서 히로시마에 가면 차라도 마시고 싶었다.

지금으로부터 20년 전인 열일곱 살 무렵에 사이좋았던 다섯 명. 패밀리레스토랑에서 5시간쯤 수다를 떨다가 마지막에는 물에 설탕을 타서 마시곤 했다.

"미리가 제일 먼저 엄마가 될 것 같아."

그런 말을 들었으나 현재 엄마는 아니다.

㊷ 히로시마현

구레의 비즈니스
호텔 방에
꽃이라도
장식하려고

슈퍼에서
샀다.

짧게
잘라
드릴까요?

네.

짧게
잘라 달라고
부탁했는데

싹둑

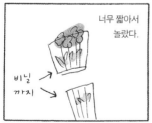

너무 짧아서
놀랐다.

비닐
까지

이번 여행에서 쓴 돈

숙박비	6,300엔
교통비	
마츠야마(도고온천)─구레	11,180엔
구레─다케하라─도쿄	24,610엔
식비	
한라봉 주스	300엔
한라봉	100엔
포장 음식	약 1,000엔
다코야키	450엔
기타	1,000엔
야마토 뮤지엄	700엔
노트	200엔
물품 보관함	600엔
마츠자카 저택(다케하라)	200엔
꽃	200엔
내 선물(절임)	500엔
합계	약 47,340엔

43
이와테현 岩手県

이제 얼마 남지 않은 혼자 여행.

마흔세 번째 현은 이와테현으로 결정했다. 일정상 하루만 묵을 수 있어서 최대한 도쿄와 가까운 이와테로 가려고 가이드북의 지도를 보다가 이치노세키 一ノ関가 눈에 들어왔다. 이치노세키는 미야기현에 가까워서 도쿄에서도 쉽게 갈 수 있을 것 같았다. JR 이치노세키역에서 열차로 10분 걸리는 히라이즈미 平泉에는 세계문화유산인 주손지 中尊寺라는 유명한 절도 있다고 한다. 일단 신칸센이 서는 이치노세키역 주변의 호텔에서 머물고 다음 날 아침에 느긋하게 히라이즈미에 가면 되겠지. 좋아, 이번에는 히라이즈미 관광으로 결정!

그렇게 생각하고 출발 하루 전에 신칸센 표를 사고, 집에 돌아와 이치노세키역 호텔에 예약 전화를 걸었는데 이럴 수가, 모든 호텔이 만실이었다. 농구 시합이 있는 모양인지 단체 관광객이 다 차지했다고 한다. 별수 없이 이치노세키보다 두 역 더 가고 신칸센이 서는 기타카미北上역으로 숙소를 변경했다. 이쪽은 쉽게 예약을 잡을 수 있었다.

그리고 당일.

도쿄역에서 신칸센을 타고 기타카미로. 약 3시간 만에 도착했다. 기타카미역 앞은 압도적으로 큰 건물은 없었지만 아무것도 없지도 않았다. 소박한 쇼핑센터가 있었다. 호텔에 짐을 두고 나왔으니 기타카미 관광에 나섰다.

기타카미는 '귀신'을 미나 보다. 귀신 축제도 열리고, 역에서 받은 관광 지도에 '귀신의 관'이라는 박물관도 있었다. 곧바로 기타카미역에서 버스로 30분인 '귀신의 관'으로 향했다.

'귀신의 관'에는 각종 귀신이 있었다. 처음에는 입구가 유령의 집 같아서 심장이 뛰었는데, 들어가보니 귀신 가면이나 그림, 세계의 귀신 같은 정보가 다수 전시되어 있을 뿐 "으악!" 하고 놀라게 하는 장치는 없었다.

귀신, 유령, 우주인······. 그런 걸 일절 안 믿는 나지만 유원지에서 유령의 집에 들어가면 비명을 지른다. 깜짝 놀라는 게 싫기 때문이다. 어려서부터 "누구~게?" 하며 뒤에서 눈을 가리는 것도 끔찍하게 싫어했다. '귀신의 관'은 귀신 자료를 잘 갖춰서 흥미로웠다.

돌아올 때는 버스 시간을 못 맞춰 택시를 불렀다. 호텔로 돌아가는 택시 안에서 러시아 음식점을 발견했다. 당황스러울 정도로 컸다. 호텔에 도착한 후, 저녁을 먹으러 가보기로 했다. 그러나 택시에서 얼핏 본 식당이라 정확한 장소를 몰라 2시간 가까이 기타카미 거리를 헤매다가 해가 저서 포기했다.

러시아 음식점, 지금도 궁금해. 엄청나게 컸단 말이지.

다음 날 아침, 기타카미역에서 보통열차를 타고 이치노세키역으로(30~40분쯤 걸렸을 것이다). 정기 관광버스를 이용하려고, 오전 11시 40분에 이치노세키역에서 출발하는 '요시츠네 코스'의 표를 역 앞에서 샀다. 그 관광버스에 타면 야나기노 고쇼 자료관~주손지~모츠지毛越寺~닷코쿠노 이와야達谷窟~겐비계곡厳美渓(전부 뭔지 모르는 나)을 버스 가이드와 함께 관광할 수 있다. 약 5시간에 3,400엔. 시설 입장료 포함이라 이득이다.

부부, 가족 단위의 열두세 명이 버스에 탔다. 혼자 참가

한 사람은 나와 젊은 여성 한 명뿐이었다.

모르는 사람끼리 같은 버스에 타고 드디어 출발.

버스 가이드가 신입인지 풋풋했다. 처음에 들어간 자료 관은⋯⋯ 뭐가 있었더라? 화석 같은 것이 전시되었던 것 같은데 잊어버렸다. 끌려다니면 기억에 잘 안 남는 것이 단점이다.

주손지는 참배길이 하이킹 코스처럼 긴 언덕이라 금방 지쳤다. 곤지키도라는 금박 불당이 유명하려고 한다. 유리 너머로 봐야 했는데 반짝거리고 세공도 아름다웠다.

주손지에서 2시간쯤 자유시간을 줬는데 흩어지기 전에 버스 가이드가 "다 같이 기념사진을 촬영할 예정이니 협조 해주세요"라고 말했다. 원하는 사람은 신청해서 사는 시스템이다. 나만 거절했다. 모르는 사람과 기념사진을 찍기 싫다. 왜냐하면 나중에 사진을 산 사람들이 남에게 사진을 보여주며 "이 사람은 혼자 왔더라~"라고 설명한다고 생각하면 부끄럽기 때문이다. 혼자 참가한 젊은 여성은 환하게 웃으며 어울려 사진을 찍었다.

버스로 돌아왔는데, 뒤에 앉은 아이 있는 가족이 말하는 소리가 들렸다.

"사진은 추억이니까 찍는 게 좋아."

들으라고 하는 소린가!?

마지막에 간 겐비계곡이 코스 중 가장 좋았다. 이와이강鋻井川의 급류가 거대한 바위를 깎아내려 구불구불 아름다운 계곡을 만들었다. 나라의 명승지, 천연기념물로도 지정됐다고 한다. 관광객들이 사진을 찍으며 즐거워했다.

강 건너편에 경단 가게가 있었는데, 줄에 단 대나무 바구니에 경단을 담아 팔았다. '하늘을 나는 경단'이라는 명물이었다. 다들 바구니에 돈을 넣고 경단이 날아오기를 신나게 기다렸다. 해보고 싶었지만 그런 것은 사진을 찍어줄 동행이 있어야 하니까 포기했다.

생각해보니 이번 47개 도도부현을 여행하면서 내가 찍힌 기념사진은 거의 없다. 고치현에서 택시 운전사가 찍어준 한 장과 가고시마현에서 탄 정기 관광버스의 가이드가 찍어준 한 장, 요코테의 가마쿠라 눈 축제에서 친절한 순경이 찍어준 한 장. 그리고 대충 한두 장. 모두 "찍어드릴게요"라고 상대가 제안한 것이어서 꾸물꾸물 수줍은 표정으로 찍혔다.

혼자 여행하는 내 사진을 갖고 싶진 않다. 그때 내 표정이 어떨지 대충은 안다고 해야 하나, 혹은 기억한달까? 그런 느낌이라서.

㊸ 이와테현

아~ 주손지에 인형이 뽑는 길흉 제비가 있어서 해봤다.

빙그르르

돈을 넣으면 무녀 인형이 휙 뒤로 돌아 제비를 뽑아오는데

아무것도 안 들고 돌아왔다.
(운이 없다는 거?!)

환불 받았어요.

죄송해요.

상태가 안 좋았나 봅니다.

아네요.

이번 여행에서 쓴 돈

숙박비(비즈니스호텔 조식 포함)	
	7,500엔
도쿄–기타카미(신칸센)	23,840엔
기타카미–이치노세키	740엔
이치노세키–도쿄	23,100엔
현지 교통비	2,840엔
식비	
호텔 중화요리(새우 완탕, 행인두부)	
	1,340엔
아몬드 과자	314엔
떡국(주손지)	400엔
즌다 젤라토(이치노세키역)	250엔
기타	1,513엔
정기 관광버스	3,400엔
귀신의 관	300엔
물품 보관함	300엔
내 선물	
마네키네코	400엔
풋콩 알갱이떡	735엔
해산물 카레 2개	1,400엔
합계	68,372엔

44
도쿠시마현 ^{徳島県}

　　도쿠시마현 어딜 가볼까? 가이드북을 살펴보는데 역시 나루토^{鳴門}의 '소용돌이'다 싶었다. 회사원 시절에 사원 여행으로 갔지만 10년 이상 전이니까 '소용돌이'를 재확인하기로 했다.

　하네다에서 도쿠시마 공항까지 약 1시간 반. 공항까지 호텔버스가 데리러 와주었다. 이번에는 나루토에 있는 리조트 호텔에서 여유로운 시간을 보낼 것이다.

　그런데 호텔에 도착했더니 믿을 수 없는 상황이 벌어졌다. 수많은 어린아이가 튜브를 들고 로비를 뛰어다니는 것이 아닌가.

세상은 한창 여름방학 중이었다!

어딜 봐도 가족들이어서 나는 완전히 붕 떴다. 왜 혼자 리조트 호텔에 왔는지 호기심 어린 시선을 받기 싫어서, 근처 오츠카 국제미술관을 목적으로 도쿄에서 온 '미술광'인 척하기로 했다. 체크인하면서도,

"예전부터 오츠카 국제미술관에 가보고 싶더라고요."

같은 묻지도 않은 소리를 했다. 가이드북에서 봤을 뿐이라 어떤 미술관인지도 잘 모르면서…….

도착한 날은 아무 데도 안 갔다. 오션 뷰인 리조트 호텔에 머무니까 방을 만끽해야 한다. 방에서 피부 관리를 받았고 저녁도 룸서비스로 해결했다.

8시 반부터 호텔에서 '아와 춤' 서비스가 있다고 해서 보러갔다. 아와 춤은 손동작이 요염하다. 호텔 종업원인지 전문 춤꾼인지 모르지만 다들 활기차게 춤을 췄고, 마지막에는 숙박객도 어울려 춤을 췄다. 평화롭고 재미도 있었다.

심야, 방의 베란다에 나가보았는데 바람이 기분 좋았다. 캄캄한 어둠 속에서 파도 소리만 들렸다. 밀려왔다가 멀어지는 것이 아니라 파도가 계속 밀려오는 듯이 소리가 컸다.

바다에서 스쿠버 다이빙을 즐기는 사람이 많은데, 나는 그런 해양 스포츠에 전혀 관심이 없다. 공기가 없는 곳에서

움직이다니……. 바닷속에는 바다에 사는 생물이 있다고 생각만 해도 너무 무섭다. 특히 돌고래가 무섭다.

"돌고래는 귀엽잖아. 머리도 진짜 좋대."

그러면 이런 이야기를 듣는다. 머리가 좋은 생물이 물속에서 거침없이 헤엄치며 산다니 정말 신기하고 신비함이 가득하다. 그런데 무섭다. 바다에 잠수하는 것도, 돌고래도 무섭단 말이다. 그리고 자외선도 신경 쓰여서 바다에서 헤엄칠 마음은 없다.

다음 날 뷔페식 조식은 유쾌했다. 혼자 뷔페 조식을 먹으면 우울했는데 이번에는 운 좋게 바다가 보이는 창가에 앉은 데다 '샌드위치 뷔페'라는 새로운 시스템이었다. 마음에 드는 빵을 골라 쭉 놓인 샌드위치 재료를 끼워 먹는다. 달걀과 햄 같은 평범한 샌드위치를 만드는 사람도 있었는데 나는 파인애플과 치즈, 토마토와 견과류 같은 독창적인 발상을 했다. 이런 걸 좋아하는 여자 친구가 한 명 있다. 같이 왔으면 2시간은 여기에서 놀았겠다 싶어 아쉬웠다.

체크아웃 후, 호텔에서 가까운 '오츠카 국제미술관'으로 갔다. 오츠카 제약 그룹이 창립 75주년을 기념해 설립한 산속에 있는 대형 미술관이다.

어떤 미술관인가 하면, 특수 기술을 써서 세계 각국의 명화를 오리지널 작품과 같은 크기로 재현한 곳이다. 단순한 카피가 아니라 도판으로 만들었다. 처음에는 모조품 미술관은 별로라고 생각했는데 어쩜, 정말 좋았다. 진품과 똑같은 명화를 이렇게 가까이에서 볼 수 있고 사진을 찍거나 만져도 된다. 진품과 모조라는 개념을 버리고, 미술책에서 튀어나왔다고 여기고 즐기면 된다.

오츠카 국제미술관에서 15분쯤 걸어 '소용돌이'를 볼 수 있는 곳에 도착했다. 그러나 '소용돌이'는 못 봤다. '소용돌이'는 하루 중 언제나 볼 수 있는 것이 아니라는 사실을 일본 전국의 얼마나 많은 사람이 알고 있을까? 간조와 만조 전후 한두 시간에만 '소용돌이'가 출현한다고 한다. 호텔 직원도 미술관 직원도 내가 소용돌이를 보러간다고 했을 때 알려주지 않았다. 말해줬으면 시간을 조정했을 텐데……. 예전에 사원 여행으로 왔을 때는 담당자가 일정을 도맡았으니 어렵잖게 보았다. 남에게 의지만 하는 내가 나쁜 거겠지.

'소용돌이' 관광명소 부근의 토산품 판매처는 너무 한산해서 시간을 보낼 수 없었다. 그래도 나루토대교라는 크고 훌륭한 다리에서 전망하는 세토 내해는 대단히 아름다웠다. 대교에 '소용돌이의 길'이라는 보행 가능한 관광 지역이 있는데, 발밑 군데군데를 유리로 처리해서 바다를 내려다볼 수 있다(소용돌이 시간에는 소용돌이도 보인다). 바닷바람이 춤추는 다리 위에서 보는 경치는 최고였다.

미술관 물품 보관함에 짐을 맡겨서 다시 돌아가야 했는데, 미술관에서 '소용돌이' 관광명소까지 길이 좁은 산길이어서 올 때도 오가는 사람이 없어 무서웠으니까 다른 길로 가기로 했다.

매점 아주머니에게 산길 아닌 길을 알려달라고 물었다.

"도쿠시마에 나쁜 사람은 없으니까 그 길도 안전해요."

이런 말을 들었다.

그 비슷한 대사, 나츠메 소세키의 소설 『마음』에서 본 것 같은데.

'사건은 일본 전국에서 일어납니다만'이라고 말하는 것도 실례일 테니.

"산길은 벌레 때문에요……."

라고 말하자 이런 말이 돌아왔다.

"도시 사람은 벌레를 참 무서워해."

헤헤헤 웃고 만 나였다.

㊹ 도쿠시마현

호텔 룸서비스로 초밥을 주문하자,
잘 부탁해요.
20분 후 방에 도착했는데
실례하겠습니다.
랩을 씌우지 않았다.
오래 기다리셨습니다.
으악
초밥을 공기에 노출한 채 오다니 싫어라.
재채기 같은 거 안 했겠지….

이번 여행에서 쓴 돈

비행기 왕복·호텔 (1박 조식 포함)	50,300엔
비행기 편도 (갈 때 늦잠을 자서 새로 샀다!!)	28,600엔
현지 교통비	460엔
식비	
룸서비스 초밥	4,389엔
팥 아이스크림	300엔
나루토 명물 대야우동	750엔
기타	1,830엔
호텔에서 피부 관리	8,400엔
오츠카 국제미술관	3,000엔
나루토 전망 엘리베이터	300엔
나루토대교 소용돌이의 길	500엔
기타	290엔
내 선물	
스다치 식초	400엔
그림엽서	210엔
긴츠바*	420엔
도판 키트	3,045엔
공항 근처 슈퍼에서	
뱅어포	281엔
스다치	150엔
소금 미역	298엔
원초	298엔
눈을 제거한 눈퉁멸	398엔
스다치 와인	400엔
합계	105,019엔

* 밀가루 반죽에 팥소를 넣고 원형이나 네모나게 구운 과자.

45
와카야마현 和歌山県

본가 오사카에 갔던 차여서 당일치기로 와카야마현에 다녀오기로 했다. 이번 관광의 메인은 기이카츠우라 紀伊勝浦에 있는 일본에서 가장 유명한 폭포 중 하나인 '나치폭포 那智の滝'다. 한 번쯤 훌륭한 폭포를 보고 싶어서 기대가 컸다.

JR 신오사카역에서 기이카츠우라역까지는 으악, 왕복 8시간! 거의 이동 시간에 투자하는 여행이어서 그린차로 편하게 가기로 했다.

신오사카역, 오전 9시 2분 출발인 열차를 타고 쿨쿨 자면 4시간 후에는 목적지다. 그런 줄 알았는데, 시라하마온천白浜温泉에 가는 아이 동반 가족이 많아서 몹시 시끄러웠다. 그래도 1시간쯤은 푹 잤다.

기이카츠우라에 가까워지자 오른쪽 창에 아름다운 바다가 보였다.

"기이의 소나무 섬이라고 불리는 크고 작은 섬이 가득합니다."

차량 안내 방송이 흘렀다.

나는 이미 미야기현의 소나무 섬 '마츠시마'에 여행을 다녀왔으므로 "알지, 암" 하고 자랑스러움을 맛보았다.

기이카츠우라역은 적당히 컸다. '나치폭포' 외에도 세계문화유산이 된 '구마노 고도熊野古道'도 있고, 가츠우라온천이라는 온천지이기도 하다. 연령층이 높은 관광객이 많았다. 역 바로 맞은편 버스 정류장에서 기이카츠우라의 중심지를 2시간 40분 만에 돌아보는 정기 관광버스가 출발한다고 해서 신청했다. 열대여섯 명의 승객이 있었고 혼자 참가한 사람은 나뿐이었다. 대부분 부부나 연인이었다.

먼저 구마노 고도에. 버스 가이드는 없고 차량 방송을 들으며 하는 관광이다. 버스 가이드도 좋지만 방송이라면 일일이 감탄하거나 고개를 끄덕이지 않아도 되니까 나름 편한 면도 있었다.

'구마노 고도'는 산속 참배길이다. 이끼가 뒤덮인 녹색 돌바닥이 무성한 나무 사이로 길게 뻗었다. 나뭇잎 때문에 하늘이 보이지 않아 어둡고 쌀쌀했다. 운전사가 10분 후에 버스로 돌아오라고 했는데 10분이면 멀리 가지도 못하니 사진만 찍고 끝인 셈이다. 이럴 때는 정기 관광버스가 아니라 자유롭게 산책하는 편이 훨씬 좋지만 그래도 편하기는 이게 편하다.

다음으로 버스는 '나치폭포'로. 높이 133미터, 폭 13미터인 이 폭포는 300엔을 내면 용소 가까이 가서 볼 수 있다. 접근하자 폭포에서 튕겨내는 잔잔한 안개 물보라가 공기 중에 춤을 춰 온몸이 촉촉하게 물에 파묻혔다.

"와, 음이온!"

여기저기에서 관광객의 탄성이 들렸다.

높은 절벽 위에서 물이 콸콸 쏟아지는 모습을 보니 마음이 후련해졌다. 도쿄 우리 집 근처에 이런 폭포가 있다면 싫은 일이 생길 때마다 갈 텐데.

싫은 일은 매일 각종 패턴으로 생기는데, 나는 소소한 싫은 일도 부풀려서 생각하는 성격이어서 바로 충격을 받는다. 그러니까 싫은 사람들을 멀리하는 것은 최소한으로 나를 보호하는 것이라는 사실을 요즘 깨달았다. 인생에 싫은 사람이 있어도 딱히 상관없다. 싫은 사람의 좋은 점을 찾아내 나를 억지로 속이기보다 싫으면 싫어해도 된다고 생각하면 훨씬 가뿐해진다. 집 근처에 나치폭포는 없지만 나는 어떻게든 잘 해낼 것이다.

그다음으로 버스는 구마노 혼구타이샤熊野本宮大社, 구마노 하야타마타이샤熊野速玉大社, 구마노 나치타이샤熊野那智大社, 세이간토지青岸渡寺 등의 관광명소를 돌았다. 이곳들을 보려면 버스에서 내려 길고 긴 계단을 올라야 해서 한여름 직사광선을 받느라 진이 다 빠졌다. 지쳐서 건물이 어땠는지 기억도 안 난다. 올라간 곳에 있던 찻집에서 마신 '히야시아메*'는 최고로 맛있었다.

음식에 호불호가 심해 이것저것 먹진 못하지만 혼자 여행하면서 맛있다고 감격할 때도 있다. 이번 '히야시아메'도 맛있었고 구마모토현의 '이키나리 경단'도 그랬다. 가고시마현의 '열빙어 한 마리를 통째로 넣은 어묵튀김'이나 아키타현 요코테의 '포도 주스', 홋카이도 공항에서 산 감자 소시지, 아오모리현 가네기역에서 마신 '게노시루', 이와테현 이치노세키역의 '즌다 젤라토'도. 비싼 음식은 아니

---

* 맥아당을 녹여 생강즙 등을 넣고 차게 마시는 음료.

지만 정말 맛있었다. 맛과 함께 그때 공기나 분위기가 생각
난다.

47개 도도부현 여행도 이제 두 번 남았다.

"다음은 세계를 제패하는 여행이니?"

몇 명이 물었는데, 절대로 안 해요……. 그래도 앞으로
느긋하게 국내 여행을 해도 좋겠다고 생각하게 된 것이 큰
발견이랄까.

㊺ 와카야마현

계단을 올라간 신사에

헉~
헉~

거대한 길흉 제비가 있었다.

자아

길흉 제비

와~아

해보고 싶어.

단념

아니지, 너무 튈 거야.

이번 여행에서 쓴 돈

신오사카-기이카츠우라 왕복	20,380엔
정기 관광버스	2,800엔
폭포 가까이 가는 요금	300엔
식비	
히야시아메	250엔
흑사탕	350엔
기타	약 1,000엔
내 선물	
흑석 마네키네코	320엔
해산물	약 2,000엔
합계	약 27,400엔

46
오이타현 大分県

혼자 여행하면서 지역 주민들과 적극적으로 교류하지 않는다. 그래도 역무원이나 토산품 가게 직원이나 택시 운전사나 길을 물어본 사람과 잠깐 대화를 나누면 지역 분위기가 대충 전해지는데, 지금까지 고치현 사람들의 느낌이 제일 좋았다. 그런데 오이타현을 여행하고 나서 1위가 오이타현으로 바뀌었다. 말하자면 아낌없이 남에게 친절히 대하려는 분위기랄까. 다음에 가면 인상이 또 달라질 수 있겠지만, 47개 도도부현에서 '사람'이 좋은 순위를 꼽으면 오이타, 고치, 야마가타의 여성이다. 고향 오사카는 당연히 애착이 있으니까 제외했다.

오이타현 여행은 오이타 시내에서 1박, 벳푸온천別府温泉에서 1박인 저가 세트 패키지를 신청했다. 하네다에서 오이타까지 약 1시간 반, 공항에서 오이타 시내까지 버스로 1시간. 점심때를 조금 넘어 도착했다. 일단 역 물품 보관함에 짐을 맡기고 돌아다니는데, 역 안에서 테이크아웃 전용 '닭튀김'을 파는 가게를 발견하고 맛이 궁금해 사러갔다. 그 자리에서 아주머니가 바로 튀겨주고 커다란 컵에 듬뿍 담아주는데 300엔이었다. 역 벤치에 앉아 따끈따끈하고 바삭한 튀김을 먹었는데 정말 맛있었다. 폰즈를 뿌려 먹으면 또 색다른 맛이다.

배도 채웠으니까 버스를 타고 다카사키산 자연동물원으로 향했다. 원숭이 무리를 가까이에서 볼 수 있는 동물원이다. 그런데 일반 동물원처럼 우리에 갇힌 동물들을 보는 게 아니라 자유롭게 서식하는 원숭이들을 만날 수 있다. 단거리 모노레일을 타고 광장에 올라가 한 걸음 내디디면 눈앞에 야생 원숭이가 어슬렁거린다. 처음에는 관광객들도 겁을 먹어 조심스럽게 걷는데, 원숭이 수가 워낙 많아 금방 익숙해진다. 자연스럽게 있으면 달려들지 않는다. 아주 근거리에서 사진을 찍는 사람도 있었는데 원숭이는 태평하게 벼룩이나 잡았다. 이 시기에는 여름에 태어난 새끼 원숭이를 많이 볼 수 있었는데 얼마나 귀엽던지.

그러다 문득 생각했다. 나는 이 원숭이 집단에 있다면 어떤 원숭이일까?

젊은 원숭이는 털의 윤기가 반질반질하고 움직임도 가볍다. 나이 많은 원숭이는 털도 빠지고 느려서 차이가 확연하다. 서른일곱 살인 내가 여기 있으면 어떤 원숭이일까? 유심히 관찰했다.

먹이를 하루에 한 번만 주는데, 여러 무리가 있어서 먹이 시간이 여러 번 있었다. 먹이를 뿌리면 장렬한 먹이 쟁탈전이 벌어지는데 굉장했다. 동물이 먹이를 먹는 모습을 보면 왠지 흐뭇하다.

밤에는 오이타역 앞을 정처 없이 산책했다. 패션 빌딩 안의 서점에 갔다가 내 책 「수짱」 시리즈가 평대에 놓여 있어서 감격했다! 서점 직원에게 인사를 할지 말지 고민(10분쯤 서점을 돌아다녔다)했고, 용기를 내 인사했더니 "책 재미있게 읽고 있어요"라고 말해줘서 정말 기뻤다.

다음 날은 오이타역에서 전철을 타면 금방인 벳푸온천으로.

벳푸 거리를 지역 가이드와 함께 걸으며 안내해주는 투어가 있다고 해서 오후에 참가했다. 참가자는 가족, 부부,

나를 포함해 여덟 명 정도. 가이드가 열심히 설명해주었는데, "여기는 예전에 이런 풍경이었어요"라고 사진 파일을 보여주거나 "여기는 곧 메워서 요트 항구를 만들 거예요"라고 공사 현장을 보여주는 등 지금 없는 과거나 미래 풍경만 계속 해설했다. 이렇게 상상 타임으로 끝나면 어쩌나 불안했다. 그래도 후반에는 거리를 산책할 수 있었다. 설명을 들으며 다 같이 느긋하게 걸으니 즐거웠다. 거리에 윤락업소가 많았는데 그런 가게 앞을 지날 때면 가이드를 포함한 전원이 못 본 척해서 웃음이 나왔다.

어떤 골목으로 들어가자 10미터 앞 길가에 하얀 새끼 고양이가 자고 있어서 다 같이 귀여워하며 지켜봤는데, 왠지 부자연스러운 느낌이 들었다.

"저 고양이, 죽은 거 아닌가? 숨 쉬나?"

멀리 선 채로 한참 지켜보았다. 죽은 고양이였다. 지금막 숨을 거둔 느낌……. 귀여운 모습이어서 더 슬펐다. "마른 거 봐, 아사한 모양이야"라고 누군가가 중얼거렸다. 가이드가 경로를 변경해주었고, 한동안 모두 기운이 없었으나 곧 회복했다.

마지막 날은 최고의 관광명소인 벳푸온천 '지옥 순례'를 하러 갔다. 여덟 지옥을 견학할 수 있는데, '피의 연못 지

옥'은 빨간색 온천, '바다 지옥'은 파란색 온천 같은 식으로
테마가 나뉘며 각각 입장료를 내고 견학한다. 나는 전부 볼
수 있는 프리패스를 샀는데, 이 관광도 혼자서는 쓸쓸했다.
진지하게 보는 것이 아니라 여럿이 사진을 찍으며 까르륵
웃는 여행이 더 어울릴 것 같다. '산 지옥'에는 실물 크기의
하마나 아프리카코끼리도 있어서 놀랐다. 공작이 날개를
활짝 펼쳤는데 날개의 뒤쪽은 의외로 평범했다. 가까이에
멋들어진 섹스박물관 '히호칸'이 있어서 들어가고 싶었는
데 여자 혼자서는 역시 용기가 안 났다.

　오이타현, 꼭 한 번 더 가고 싶다. 그때는 유후인온천湯
布院温泉에도 가고 싶다. 다음 달은 드디어 47개 도도부현의
마지막이다.

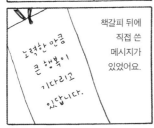

이번 여행에서 쓴 돈

교통·숙박 패키지	약 50,000엔
(영수증을 잃어버려서 확실하지 않아요!)	
현지 교통비	4,820엔
식비	
닭튀김	300엔
이시가키떡*	180엔
우유	100엔
지옥찜 푸딩	300엔
햄버거 세트	850엔
기타	3,483엔
내 선물	
야세우마(콩고물 떡)	300엔
유후인 쿠키	260엔
가보**식초	400엔
말린 표고버섯	500엔
알갱이 머스타드	700엔
물품 보관함	300엔
다케가와라온천	
공중 목욕탕	100엔
모래 찜질탕	1,000엔
다카사키산 자연동물원	600엔
아로마 마사지	6,216엔
지옥 순례 프리패스	2,000엔
코끼리 먹이, 하마 먹이	200엔
합계	약 72,609엔

* 밀가루와 고구마로 만든 찐빵 같은 떡.

** 가보는 주로 식초를 만들 때 쓰는 유자의
일종.

47
도쿄도 東京都

47개 도도부현 여행의 마지막은 도쿄다.

지금 내가 사는 지역에서의 여행이다. 자, 어딜 가볼까?

사람들에게 조언을 구했다.

하토버스 시티투어나 야마노테선 일주나 도쿄타워나 번화가 산책이나 도쿄도의 섬 방문이나. 그렇군, 그렇다면 좋은 기회이니 아무도 말하지 않은 걸 해야지(이봐).

그래서 먼저 도쿄대학에 점심을 먹으러 갔다.

도쿄대학은 평생 갈 일 없는 곳일 줄 알았는데, 도쿄대 출신에게 "학식은 누구나 들어와서 먹을 수 있어요"라는 정보를 듣고 가보고 싶어졌다. 평범하게 가면 재미없으니까 도쿄 혼자 여행은 '택시 여행'으로 정했다. 집 근처에서 택시를 타고 운전사에게 말했다.

"혼고 3초메 도쿄대학까지 가주세요."

이야, 내 입으로 한 말 맞아?

도쿄대에 도착하기까지 30~40분간 운전사와 여행 이야기를 나눴는데, 나는 혼자 여행을 다니면서 깨달은 어떤 사실을 생각했다. 바로 '남의 여행 이야기는 별로 재미없다'는 것이다. 사람은 여행 이야기를 듣기보다 여행 이야기를 하고 싶어한다. 여행하면서 이런 일도 있었고 저런 것도 봤다며 열심히 말하고 싶어지는데, 웬만한 말발이 아니고선 지루하거나 자랑일 뿐이다. 나도 내심 '틀림없이 지루하겠지~?'라고 생각하며 재잘댄다. 47개 도도부현을 여행했다고 나대지 말고 조심해야겠다고 다짐했다.

도쿄대학은 광활했다. 교내 안내도가 디즈니랜드 지도와 비슷했다. 넓은 부지에 나무가 무성했고, 연못을 중심으로 정취 있는 건물이 잔뜩 있었다. 다만 디즈니랜드는 복고 느낌을 낸 것이고 도쿄대는 정말 복고였다.

학식은 어디에서 먹지? 지도를 보니 학생 식당이 몇 군데 있었는데 가장 눈에 띄는 산조회관의 중앙식당에 가보았다.

식당은 햇빛이 한 줄기도 들어오지 않는 지하로, 마치 커다란 공장 창고 같았다. 점심때여서 붐볐다. 식권 자동 판매기 옆에 메뉴 샘플이 쭉 있었고, 다들 그것을 둘러싸고 '뭘 먹지?' 하며 고민했다. 나는 방어튀김이 메인인 '일식·560엔'을 시켰다. 간신히 자리를 확보했다. 학생들, 외국인, 교수로 보이는 사람, 다양한 사람이 뒤섞여서 아무도 나를 신경 쓰지 않았다. 맞은편에는 세일러복을 입은 여고생 둘이 앉아 있었는데, 그 아이들에게는 나도 도쿄대 학생으로 보일지도 모른다. 정식은 정말 맛있었다. 영양 균형도 좋은 것 같다. 여고생 한 명이 '아카몬라면'이라는 새빨간 라면을 먹었는데 "매워, 너무 매워!" 하면서 차를 다섯 잔이나 마셨다. 저걸 안 시키길 정말 잘했네……

그 후 학교 안을 잠시 돌아다녔다. 생협은 거대한 편의점 같은 분위기로, 문구류나 과자 등 평범한 상품을 팔고 있었다. 도쿄대라고 머리 아픈 것만 있지 않았다. 귀여운 스티커까지 팔았다. 한쪽에 도쿄대 전용 상품을 파는 코너가 있는데, '도쿄대학'이라고 적힌 티셔츠나 문구류를 팔았다. 나는 볼펜을 몇 자루 샀다.

캠퍼스를 걷는 학생들은 길에 다니는 청년들과 크게 다르지 않았다. 두꺼운 책을 읽으며 걷거나 하지 않았다. 잔

디밭에서 낮잠을 자거나 벤치에서 한가로이 수다를 떨었다. 그래도 열 명이 덤벼도 감당하지 못할 두뇌라고 생각하면 역시 황홀하다. 부러운 감정과는 다르다. 천재 피아니스트나 신기록을 보유한 육상선수들을 '멋있어!'라고 여기는 것과 비슷하게 도쿄대에 합격할 정도로 공부하는 능력을 '멋있어!'라고 느낄 뿐이다.

도쿄대를 나와 다음 관광 장소로 이동하려고 택시를 세웠다.

"국회의사당까지 가주세요."

국회의사당 내부를 일반 시민도 견학할 수 있다고 해서 가볼 생각이었다.

그나저나 도쿄대 앞에서 '국회의사당까지'라고 말하는 나를 운전사는 뭐 하는 사람이라고 생각할까?

견학 시간이 하루에 몇 번으로 정해져 있어서 택시에서 내리면서, "잘됐다, 다행히 안 늦었어!"라고 외치며 돈을 낸 나. 진짜 뭐 하는 사람으로 보였을까?

국회의사당을 견학하는 사람은 별로 없을 줄 알았는데, 일반인은 몇 없어도 견학을 온 초등학생이 많았다.

먼저 신청서를 적고 소지품을 확인한 뒤에 안으로 들어갔다. 시간이 되자 국회 경위가 안내해줬는데, 초반에 국회의사당 계단을 4층까지 단숨에 올라가야 해서 힘들었다. 다 올라가자 숨이 차서 어른들은 헉헉거렸는데 그 옆에서 초등학생들은 평온한 표정이었다. 나이의 벽을 느끼는 순간이었다.

텔레비전의 국회 중계 때 보는 그 커다란 홀에 들어갔다. 휘황찬란한 인테리어였는데 37년을 살아오면서 휘황찬란한 건물을 다양하게 봤기에(베르사유궁전이나) 감동도 점점 옅어졌다. 쓸쓸하네. 그래도 목조 조각이나 커튼이 대단했다. 20~30분쯤 설명을 들었는데 도중에 잠이 쏟아져서 눈을 뜨려고 필사적이었다.

국회의사당을 나와 다시 택시를 잡았다.

"데이코쿠 호텔까지 가주세요."

데이코쿠 호텔의 팬케이크가 맛있다고 친구가 귀띔해주어서 차를 마시고 돌아갈 생각이었다. 국회의사당에서 데이코쿠 호텔까지는 기본요금이다. 도착하자 도어맨이 공손하게 문을 열어주었다. 1층의 유리카라는 카페에 갔는데 팬케이크 메뉴가 있어서 얼른 주문했다. 팬케이크 세 장(핫케이크)이 쌓인 그림 같은 팬케이크였다. 폭신하고 맛있었다. 홍차를 시키자 계속 물을 부어줘서 배가 찰랑거렸다.

좋아, 만끽했어.

데이코쿠 호텔 정면 현관에서 택시를 타고 집으로 돌아왔다.

해 질 무렵의 도쿄 거리.

택시 안에서 조용히 경치를 바라보았다. 롯폰기힐스가 반짝였다. 아무도 기대하지 않을 내 여행이지만 끝까지 해냈다는 감동이 차츰차츰 밀려왔다.

나는 뭘 얻었을까?

음, 그건 나중에 생각하자.

㉘ 도쿄도

도쿄대 학생 식당에서
소프트아이스크림을
주문하자

바닐라
소프트
아이스
크림이요.

네,
여기요.

아이스크림
컵과 콘을
주었다.

직접 만드는 타입이었다….

아~

날
보지 마
….

엉망이어서
너무
부끄러웠다.

이번 여행에서 쓴 돈

택시

집−도쿄대학	4,740엔
도쿄대학−국회의사당	2,420엔
국회의사당−데이코쿠 호텔	660엔
데이코쿠 호텔−집	3,620엔

식비

도쿄대 런치	560엔
도쿄대 소프트아이스크림	150엔
데이코쿠 호텔 팬케이크와 홍차	
	2,310엔

내 선물

도쿄대 두뇌빵	100엔
볼펜 등	336엔
데이코쿠 호텔 빵	1,155엔
합계	16,051엔

여행을 마치며

청년도 중년도 아닌 서른세 살 끝 무렵부터 서른 일곱 살까지. 매달 다녀온 47개 도도부현 혼자 여행이었다. 처음 여행을 시작해서는 지역 명물을 먹어야 한다는 생각에 초조했고 대화 상대가 없어서 외로웠지만, 횟수를 거듭하면서 조금씩 마음이 가벼워졌다. 음식을 포장해와 호텔에서 혼자 먹는 것도 편하게 즐길 수 있게 되었다. 여행지에서 '현지인과 만남'도 거의 하지 않았다. 만나려는 노력도 하지 않았다…….

나는 이 느슨~한 혼자 여행에서 무엇을 얻었을까?

1년하고 반년이 지난 지금 돌이켜보았다. 참고로 잃은 것은 돈. 여행에 쓴 돈을 처음으로 계산해봤더니 약 220만 엔이었다. 큰돈이다. 사치를 부렸구나 싶다. 또 약간의 '애교'도 잃었다. 남자와 여행 이야기를 나눌 때면 무심코 "거기 다녀왔어요!"라고 반색하는데, "나도 가보고 싶어~!"라고 말하던 시절의 내가 더 애교 있지 않았을까. 잃었네. 아쉬워라.

그렇다면 얻은 것은? 몇 가지 있다. 먼저 일본 지도가 대략 머리에 들어왔다. 혼자 여행을 다니기 전에는 어느 현이 어디 있는지 잘 몰랐는데 지금은 대략적으로 알고 있다. 시험 삼아 백지도에 47개 도도부현을 적어보았는데 전부 정답이었다! 이건 거짓말이고, 열 곳을 틀렸다……. 그래도 지리를 잘 모르는 나로서는 대단한 발전이다.

또 대화를 할 때 고향을 화제로 자주 삼는다. 처음 만난 사람과 할 말을 찾느라 고심할 때 "어디 출신이세요?"라는 질문을 하게 됐다. 모든 지역을 다 다녀왔기 때문에 대화할 때 큰 도움이 된다.

그리고 또 얻은 것이라면 지역 명물을 알게 된 거나 텔레비전의 여행 방송이 재밌게 느껴진다거나. 정확하게 표현

하긴 어렵지만 과장해서 말하자면 '한 번뿐인 인생'을 생생하게 느낀 4년간이기도 했다.

　나는 여행지에서 자주 길을 잃는다. 한 손에 지도를 들고도 툭하면 뒷골목을 헤맨다. 그러다가 민가 마당에서 빨래를 너는 아주머니 앞을 지날 때면, '아아, 저 사람하고는 두 번 다시 못 만나겠네'라는 생각에 애틋해진다. 저 아저씨나 저 여고생과도 만날 일이 없다. 벽촌에 갈수록 그런 감정이 강해져서 '안녕, 영원히 안녕' 하고 괜히 슬퍼진다. 그래도 그런 슬픔을 맛보는 것도 좋다고 생각한다.

　얻은 것과 잃은 것. 생각하면 더 있을지도.

　다만 내가 이 여행을 새삼스럽게 돌아보며 가장 강렬하게 느낀 점은 '47개 도도부현 혼자 여행이라도 해볼까'라는 길을 스스로 선택해서 걸었다는 사실이다.

　내게는 혼자 여행을 가지 못할 이유가 없다.

누구의 허락 없이도 훌쩍 여행을 갈 수 있다. 내가 쉬는 날을 정하고 돈을 내고 간다. 맡길 자식이나 반려동물도 없다. 혼자 여행을 가겠다고 문득 생각한 것은 내가 여행을 갈 수 있었기 때문이다.

내년이면 40대에 돌입한다. 나는 어떻게 살아갈까? 아직 잘 모르겠다. 그래도 또 혼자 여행을 가고 싶다. 아, 이번 47개 도도부현 여행을 마친 후에도 종종 혼자 여행을 다닌다. 혼자 여행에 전혀 흥미가 없었던 내가 말이다.

2008년 5월 31일
도쿄에서 마스다 미리

'도쿄 데이코쿠 호텔'

2011년 2월
1박 여행

단골처럼 보여야지.

후후 오후 3시, 드디어 호텔에 들어갔는데 너무 당당했던 탓인지

도쿄 데이코쿠 호텔에 묵고 싶어서 여행대리점을 통해 예약했는데

42세

데굴 데굴

○○님, 오늘부터 3박 묵으실 예정 이시죠?

다른 사람인 줄 알고 셀럽 전용 프런트로 안내받았다.

쿠웅~

나중에 인터넷이 훨씬 싼 데다 호텔 개업 120년 패키지가 있다는 사실을 알게 되었다….

허둥지둥

어, 아니요, 1박이요. 마스다입니다.

훗

그래도 뭐 어쩔 수 없지.

편히 쉬십시오.

타워관 27층으로

고마워요.

꾸벅

292

수영모는 안 가지고 왔는데 비싼 걸 사야 하면 어쩌지….

두근 두근

작고 청결한 수영장. 수영복은 뭐든 괜찮은 것 같았다.

수중 워킹 중인 여성

나

모자는 풀 사이드에 있으니 자유롭게 쓰세요.

접수처

평일이라 텅 비어서 마지막에는 내가 대여한 상태.

물장구를 엄청 세게 쳐보기도 했다.

다행 이다!

고마 워요.

하하하

수영을 마치자 몸도 개운했다.

머리도 맑아 졌어.

이런 수영복도 괜찮나?

탈의실에서 갈아 입었다.

우울 쭈울

호텔 1층 '랑데부 라운지 바'에서 원고를 읽었다.

외국인

이거 주세요.

배가 고파서 '스테이크 샌드위치'를 주문했는데

잘 익혀 달라고 말 안 한 내 잘못이야.

하~

스테이크의 피가 하얀 빵을 적신 게 싫어서 남겼다.

맛있다.

야금

기분전환으로 딸기 쇼트 케이크를 먹었다.

벌써 아침? 빠르다~

방에 돌아와서 밤에는 텔레비전을 보다가 잠들었다.

흐~ 흐~

조식은 '나다만*'의 죽 정식을 먹었다.

필요 할까?

부스럭 부스럭

방에서 돌아갈 준비. 편집자에게 보낼 원고에 호텔 샴푸 따위를 넣었다.

푹 쉬었어.

데굴 데굴

이런 것도 '여행'이라고 부를 생각이다.

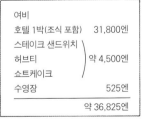

여비
호텔 1박(조식 포함)   31,800엔
스테이크 샌드위치
허브티   약 4,500엔
쇼트케이크
수영장   525엔
─────────────────
약 36,825엔

* 일본요리 전문점.

마스다 미리의 좌충우돌 여행기

혼자 여행을 다녀왔습니다

초판 1쇄	2021년 2월 5일
4쇄	2023년 4월 3일

지은이	마스다 미리
옮긴이	이소담

펴낸이	이나영
펴낸곳	북포레스트
등록	제406-2018-000143호
주소	(10871) 경기도 파주시 가재울로 96
전화	(031) 941-1333
팩스	(031) 941-1335
메일	bookforest_@naver.com
인스타그램	@_bookforest_

ISBN 979-11-969752-5-8 03830